LES AMANTS DU DESTIN

Collection L'Amour à deux voix

Directrice de collection :
Monique Delanoue-Paynot

ISBN : 2-84928-061-5

Alexandre ANTHONY
Sarah MARSHALL

LES AMANTS DU DESTIN

avec la collaboration
d'Alain MOREL

JML
JACQUES-MARIE LAFFONT EDITEUR

SOMMAIRE

I. Préambule

« PREMIER DIALOGUE »

Au bar, l'équipe de télé attend depuis trois quarts d'heure. Tony, le patron des lieux, use de diplomatie pour devancer toute éventuelle irritation. « C'est à leur temps de retard qu'on classifie les vraies stars ». Vieux cliché mais tangente efficace. Ici, à *L'Étoile*, Sarah et Alex sont un peu comme chez eux. Ils symbolisent cette nouvelle jet-set, moins bedonnante, plus rocailleuse, moins prouproutante, plus galactique, que courtise et revendique le fameux club voisin de l'Arc de Triomphe.

Alexandre surgit le premier, lunettes noires sur le nez. Quand il s'agit de franchir une porte, sa galanterie s'efface souvent devant son impatience. Sarah le suit dans un nuage de fumée. Elle chaloupe doucement. Un peu comme une chatte siamoise. Un frisson de silence semi-interrogateur, semi-admiratif, parcourt le restaurant. Les tourtereaux sont sapés comme des princes. Trois serveurs les escortent façon gardes du corps. Ils sont beaux ces deux mômes dont tout le monde se demande qui ils sont vraiment. Beaux et étranges à la fois. Altiers et évanescents. Magnétiques et distants. Chaleureux et inquiétants.

On dirait Clyde et Juliette. Bonnie et Roméo. On guette impatiemment leurs premiers mots. Mais il faut d'abord que les techniciens les équipent de micros. Leur vie, depuis quelques mois, c'est ça. Une sorte de documentaire permanent auquel, désormais, ils se prêtent pour ne plus le subir !

Couple maudit pour les uns, modèle pour les autres, tantôt adulé, tantôt récusé, pas une semaine ne passe sans qu'un journal ou magazine leur consacrent sa une, son reportage vérité ou sa rubrique d'écho.

De sa grand-mère, Michèle Morgan, Sarah a hérité du légendaire regard, du même charisme un peu hautain et de la capacité à émouvoir. Alexandre Anthony, lui, a hérité de Richard, chanteur mythique des sixties, une voix exceptionnelle et le pouvoir d'envoûtement. Mais, pour l'un comme pour l'autre, leur destin d'enfants de la balle s'est, jusqu'ici, plus apparenté à l'itinéraire de deux enfants gâchés qu'à celui de deux enfants gâtés.

Jadis élevés ensemble parce que leurs mères respectives avaient choisi d'unir leur abandon et leur détresse, ils se sont ensuite perdus de vue, tentant, chacun de leur côté, de cicatriser leurs blessures d'enfance. Elle, mannequin. Lui, musicien aventurier. Tous deux trop jeunes, en tout cas, pour échapper aux mauvaises influences, aux tutelles douteuses, aux excès en tout genre.

Par miracle, ils se sont retrouvés au détour du hasard, se livrant corps et âmes à un amour absolu, passionnel et fécond que la naissance de leur fils Zoltan a consacré. Pourtant, depuis deux ans et la naissance de cet enfant, rien ne s'est passé comme ils l'auraient souhaité, comme ils l'avaient rêvé.

Incompréhensions familiales, désagrégation sociale, rumeurs médiatiques destructrices ont mis leur amour à l'épreuve en faisant dériver leur notoriété d'enfants de stars vers l'enfer du décor. Alors ils ont montré les dents et sorti leurs griffes. Ils ont tangué, vacillé, rendu coup pour coup. Parfois maladroitement. Parfois excessivement. Mais avec succès. Leur combat a été à l'image de leurs vies : spectaculaire, sulfureux et, pour tout dire, extraordinaire.

Tout dire, plaider enfin eux-mêmes leur propre cause sans pour autant plaider non coupable, c'est pour cela, avec chacun ses raisons et sa propre déraison, qu'ils ont décidé d'écrire un livre.

Sarah et Alexandre dialoguent sur le sujet en dévorant – régime oblige – un tartare de gambas et un dos de cabillaud grillé. C'est ainsi qu'ils soulèvent le premier pan du voile qui masque leurs véritables identités…

Sarah : Tu vois, je recommence à manger de bon appétit. C'est vraiment la preuve que je vais de mieux en mieux.

Alexandre : C'est clair que tu vas mieux. Ça fait au moins une semaine que tu ne m'as pas parlé de Dieu.

Sarah : Alex, je suis contente que tu l'aies remarqué. Quand j'ai réservé la table, d'ailleurs, je n'ai pas demandé de couvert pour lui (rire). C'est incroyable comme j'ai besoin de me réfugier dans la spiritualité dès que je me sens fragile.

Alexandre : Tu sais, j'ai vraiment l'impression que les galères sont derrière nous. Tu as vu, dans la rue ? Les gens sont de plus en plus adorables. Cette mamie qui nous a dit qu'elle nous aimait, ça m'a incroyablement touché. Ça vaut toutes les unes des magazines du monde, ça !

Sarah : Ce qu'il faut, maintenant, c'est un trois pièces, pour qu'on puisse vivre normalement avec Zoltan. Tu sais, maman ne va pas nous supporter éternellement.

Alexandre : Évidemment que je le sais. Mais si on n'a pas de plan par des potes ou du piston, on ne trouvera pas. Pour les gens, on a des métiers à la con !

Sarah : À propos de ça, j'ai une mauvaise nouvelle. Chez « xxxxx », pour leur nouvelle campagne, ils m'ont rétrogradée dans le catalogue. Je ne suis plus à la « une ». Seulement en vitrine. Je ne vais pas toucher le cachet de l'année dernière.

Alexandre : Quoi ? Mais c'est quoi cette histoire ? Tu avais signé !

Sarah : Je sais mais ils disent qu'avec tout ce qui a été écrit dans la presse, mon image est mauvaise pour eux. Surtout à cause de la drogue !

Alexandre : Mais enfin Sarah, merde ! Tu leur as dit que jamais on n'avait trouvé de drogue sur toi ? Tu leur as montré tes analyses de sang qui prouvent qu'il n'y a aucune trace de défonce ?

Sarah : Je leur mettrai un avocat au cul, c'est tout. Je suis encore trop fatiguée pour me battre. Les médicaments me font du bien mais je manque encore d'énergie.

Alexandre : J'aimerais pouvoir en dire autant. Cette nuit, je n'ai encore pas réussi à m'endormir.

Sarah : C'est l'histoire avec le photographe qui a dû te ronger. Tu as vu dans quel état cela t'as mis !

Alexandre : Attends, ce connard se permet de t'effleurer devant tout le monde, en pleine boîte de nuit ! Je lui ai dit « tu reposes la main sur elle, je te détruis ! ». Tu sais ce qu'il a répondu ?… « Tu plaisantes ? » La façon dont je lui ai dit « je ne crois pas » l'a calmé !

Sarah : Tu es trop mignon, mon amour, quand tu es jaloux comme ça !

Alexandre : Je sais que je peux avoir confiance, mon cœur, mais c'est une question de respect.

Sarah : De toute façon, il n'y a que toi. C'est ça aussi qu'il faut qu'on dise dans le livre : que notre histoire c'est la victoire de l'amour.

Alexandre : Ouais, enfin, faut pas emmerder les gens. Ce qui va surtout les brancher c'est toutes les conneries qu'on a pu faire.

Sarah : Tu sais, si on demande à mon père de tout traduire en anglais, on pourra envoyer le manuscrit à son cousin Franck Marshall, aux États-Unis. Il a tous les plans pour faire adapter l'histoire pour le cinéma. Tu imagines si on pouvait tenir nos propres rôles…

Alexandre : Mais, ton père, tu as eu de ses nouvelles ?

Sarah : Non !

Alexandre : Bon, Sarah, arrête de délirer avec ta famille !

Sarah : En tout cas je sens que ce bouquin va être pour moi une véritable thérapie.

Alexandre : Pas pour moi.

Sarah : Toi, tu crois toujours que tu n'as rien à soigner !

Alexandre : Ce n'est pas ça. Mais là, il faut d'abord rétablir plein de vérités. T'en as pas marre, toi, de toutes les saloperies qui ont été dites sur nous ? T'en as pas marre de ces journalistes qui détournent les propos ? T'en as pas marre de ces roquets de télé qui ne t'invitent dans leurs émissions que lorsque tu es au cœur d'un drame ? T'en as pas marre de cette gloire qui surgit parce qu'on nous voit dans les journaux à la rubrique « faits divers » alors qu'il faut ramer comme des malades pour que tu exprimes tes talents d'actrice ou que je puisse faire entendre ma musique ? Putain, avoir enfin un peu d'espace pour répondre aux fausses rumeurs, pour dire tout ce qu'on a sur le cœur...

Sarah : Tu crois qu'on va pouvoir parler de tout ?

Alexandre : Mais oui.

Sarah : De tout, vraiment ?

Alexandre : Mais à quoi tu penses ?

Sarah : Là, je pense à la bisexualité... Et aussi au viol que j'ai subi à l'âge de sept ans. Pendant des années, j'ai gardé sur moi la clef du tiroir à secrets. Je n'en avais jamais parlé qu'à mon arrière-grand-mère. Et pourtant, ces deux jours d'horreurs ont sûrement gâché toute ma jeunesse.

II. PORTRAITS

1. SARAH

Moi, Sarah, la première chose que j'ai à dire c'est que je crois en Dieu. Je suis donc son enfant. L'enfant de Dieu. Mais je ne crois pas seulement en Lui. Il y a aussi l'amour et, surtout, les rêves. L'utopie, même, peut-être.

Mon aspect physique vient ensuite. Je fais un mètre soixante-dix-sept et je suis blonde aux yeux bleus. Oui, je sais, parfois brune. Mais blonde de naissance. J'ai vingt-deux ans. Pourtant, j'ai l'impression d'être bien plus âgée. Curieusement, j'ai le sentiment que mes qualités et mes défauts sont les mêmes.

L'hypersensibilité, par exemple… Je sais lire chez les gens les sentiments qu'ils cherchent à cacher. Du coup, je doute à tort de leurs intentions immédiates.

L'impatience, aussi. Elle me pousse évidemment vers l'avant, mais elle me conduit à des crises de nerfs terribles. En fait, j'ai beaucoup de mal à supporter qu'on me contrarie. Alors, je me réfugie dans une sorte de solitude, perdue, trop tendre, trop triste, le cœur hagard. Bref, en général je ne suis pas trop fière de moi. Sauf pour une chose : je suis une vraie maman.

Je pense que je suis aussi une épouse attentive. Alex, même si dans ma tête tout n'est pas toujours clair, je sais que je ne peux pas vivre sans lui.

2. ALEXANDRE

Je m'appelle Alexandre, je suis incapable de dire qui je suis et je n'ai aucun don pour faire le tri entre défauts et qualités, entre le bien et le mal. Je ne sais donc pas trop m'exprimer sur moi-même. En plus je n'ai aucun esprit critique. C'est peut-être pour cela que j'ai une haute opinion de moi !

Je me trouve plutôt beau et intelligent… mais je me trouve aussi très prétentieux.

Je pense que mon plus grand défaut c'est ma grande gueule. Je ne peux pas m'empêcher de l'ouvrir quand il ne le faut surtout pas.

Je crois que je suis tout de même un garçon attachant. Je réclame toujours tout, mais je suis capable de donner beaucoup. Et puis je suis opiniâtre et méticuleux. Je ne fais jamais les choses à peu près. En fait, je suis guidé par un souci du détail et une volonté de perfection qui m'incitent à toujours tout remettre en question, à commencer par moi-même.

Au-delà d'un narcissisme évident, mais qui reste de façade, la seule chose dont je sois réellement fier depuis que je suis né, c'est mon fils.

Non, il y en a aussi une autre : je suis amoureux de ma femme.

III. L'enfance

« Faute de pères »

1. SARAH – L'ENFANCE

Le plus lointain souvenir de mon enfance c'est la découverte du grand miroir qui trônait dans le dressing. Sa découverte est le début d'une grande complicité ! J'avais un peu plus de quatre ans. J'étais encore toute petite, mais je savais déjà que j'étais plus jolie que la moyenne. En tout cas, c'est ce qu'on me répétait à longueur de journée. William et Deborah, mon frère et ma sœur, avaient dix et huit ans et venaient d'entrer dans l'âge ingrat. David n'était pas encore arrivé. Comme toute petite dernière, j'étais celle qu'on adule et qu'on chouchoute. Celle qui minaude un peu et qui apprend la séduction.

Alors, ce miroir, quelle aubaine ! Je peux y tester tous les effets. Essayer de m'y séduire moi-même pour mieux comprendre comment faire craquer les autres. J'en use et j'en abuse. Je m'y fais des shows de plus en plus invraisemblables. Il va d'ailleurs rester mon complice pendant des années. Aujourd'hui encore, il peut m'arriver de me réinstaller dans mes reflets, quand je reste de trop longues périodes sans faire de photos, par exemple. J'ai alors l'impression que j'ai la tête séparée du corps.

Adolescente, mon principal pour ne pas dire mon unique rêve, c'était qu'on me hisse sur une scène et que je puisse montrer tout ce que j'avais inventé dans mon dressing. J'ai été « accro » à ce miroir. Amoureuse de moi-même à l'extrême. J'ai failli tomber dans sa flaque. Je me plongeais dans mes propres yeux pendant des temps infinis et dans la manière de mes gestes. J'entrais dans de véritables délires et dans une profonde mais jouissive solitude. Et puis, peu à peu, je me suis réveillée de mon coma.

Mon père, Mike, était parti bien avant que je rencontre mon miroir. Il me manquait mais je ne l'ai compris que bien plus tard. C'est essentiellement mon arrière grand-mère qui m'élevait. Maman tentait de refaire sa vie et devait subvenir à mes besoins. Et puis elle est tombée enceinte et m'a offert son plus beau cadeau, mon petit frère. C'est pour lui faire sa chambre d'enfant qu'elle a engagé un peintre en bâtiments qui s'appelait Witman. Il avait une tête étrange mais il faisait joliment mon portrait avec des crayons de couleur. Un jour il m'a tirée par le bras pour m'emmener dans le cabinet de toilette, j'ai senti qu'il allait se passer quelque chose mais je n'ai pas eu peur. J'avais déjà joué à « touche-pipi » avec mon grand frère William. C'est à cause de cela qu'un jour, au micro d'une radio, j'ai pété les plombs en disant que lui, mon propre frère, m'avait violée. Je me vengeais de la vigilance dont il m'avait privée.

En tout cas je me retrouve bloquée contre ce lavabo avec ce Witman qui me déshabille, qui me touche partout, qui me force avec ses doigts. Le dégoût m'envahit, me submerge, infligé à mes sept ans, à ce fameux âge de raison.

Alors, je me réfugie dans l'école. En classe, je deviens première partout. Je passe des heures dans mes livres. Je cherche à oublier que ce pourri de peintre a remis ça plusieurs fois pendant deux jours et que je n'ai pas osé le dénoncer. Peut-être parce que je me dis que je suis coupable. J'ai honte de moi parce que, pendant le long séjour à la maison des frères Anthony, j'ai joué les petites allumeuses. Surtout devant Cédric. Alexandre, lui, est quasiment obèse. Je ne le calcule même pas et personne ne le laisse me frôler !

Je deviens maniaque, « soupe au lait », autoritaire. On m'appelle « alien » ou « la gestapo ». J'ai beau pleurer des rivières dans mon dressing, je m'assèche. Un jour, à l'école, je parviens à convaincre deux copines, Céline et Marie, de m'accompagner aux toilettes. J'ai besoin de voir leur sexe, de vérifier s'il ressemble au mien, si je n'ai pas gardé des traces, des stigmates, des déformations ! Pendant des années, à la maison, tout le monde est tout le temps à poils. Je trouve ça pas propre. Je deviens hyper pudique. Quasiment pudibonde. Et puis il y a les trois frères Anthony. L'aîné, Xavier, vingt ans, a été le petit ami de

Samantha, ma sœur aînée, et nos mères ont terriblement sympathisé. Au point, désormais, de cohabiter avec leur marmaille respective. Une façon d'unir leurs destinées sociales et leurs errances affectives.

En fait, cela fait beaucoup trop de monde pour se confier à qui que ce soit. Du coup, il me faudra quinze années avant d'oser formuler les choses. Et puis je me disais que ma mémoire allait lâcher prise, que ce Witman allait disparaître. J'avais pris des photos de lui. Je n'ai jamais réussi à les jeter. Si j'avais totalement exorcisé, je me dis que je les aurais détruites.

Quand mes seins se sont mis à pousser, j'ai senti une sorte d'apaisement m'envahir. J'allais donc, tout de même, pouvoir devenir une femme comme les autres ! Malheureusement mes règles, elles, se sont montrées beaucoup plus capricieuses, irrégulières et rares. J'ai éprouvé ma résistance à m'enfermer dans ces secrets. Cela vous englue dans l'enfance. La première porte sur l'avenir, je crois que je l'ai ouverte le soir du bal des débutantes.

2. ALEX – L'ENFANCE

Le plus lointain souvenir de mon enfance c'est mon premier tricycle. Je devais avoir entre quatre et cinq ans et j'habitais avec mon père et ma mère dans une maison de rêve à Santa Monica. C'était un tricycle en forme de cheval et on me l'a amené au bord de la piscine. Je me souviens des couleurs chaudes de l'endroit comme de la sérénité qui émanait des collines avoisinantes. On vivait pratiquement les seuls moments d'harmonie familiale que j'ai pu connaître aux côtés de Sabine et Richard. Et quand je dis harmonie, je devrais préciser ambiance. En fait, mon père passait sa vie en galas ou en virées tandis que ma mère brûlait son ennui dans les boîtes de nuit. Mais bon, même désunie, cette famille-là flirtait avec un certain bonheur. Après tout, je n'avais rien connu de mieux. Enfin disons surtout que je n'avais rien connu d'autre !

Les disputes ont vraiment commencé après le retour en France. De neuf à onze ans je n'ai entendu que des cris. Alors, peut-être un peu pour les étouffer, pour m'étouffer moi-même ou encore pour étouffer mon audition à grands renforts de mastication, je suis devenu boulimique. Sabine et Richard ont fini par divorcer et chacun s'est dit « ouf ». Mais pendant au moins trois années encore, ils se sont déchirés, lacérés, laminés. Moi, sans que je sache trop bien pourquoi, on a préféré me mettre en pension. D'abord à Chambéry, ensuite près de Maisons-Laffitte.

À cette époque-là, toute notre tribu venait de s'installer Avenue d'Eylau, dans le 16ème chez Sarah dont la mère Sylvie, elle aussi seule en charge de ses mômes, était la grande copine de Sabine. Au milieu du clan, je suppose que je faisais désordre. Minuscule et obèse. Le parfait vilain petit canard ! Celui, surtout, qui ressemble comme deux gouttes d'eau à son méchant papa. Le transfert est aisé. En plus, mes deux frères sont mannequins. Bref, quand je suis là, la nuit, je me relève pour vider le frigo comme les placards. Et, le jour, je suis une pile électrique. Colérique. Limite agressif.

Pourtant, dès que je me retrouve à l'internat, je souffre d'être séparé de ma mère. J'entretiens avec elle une relation presque malsaine, nourrie par un fort sentiment de déséquilibre affectif. De jalousie fraternelle, aussi. Xavier a huit ans de plus que moi. Curieusement, je n'éprouve pas d'admiration particulière à son égard. Si ce n'est que c'est lui qui a fait toute ma culture musicale. Je suis devenu musicien et chanteur grâce à lui, pas à mon père ! Cédric est mon cadet de dix-huit mois. On se déteste cordialement et on se bat avec méchanceté. Un jour, il me casse deux dents de devant. Un autre, je lui roule dessus avec mon vélo. À l'internat de Chambéry, j'ai vraiment l'impression d'être en prison. Je commence à fumer mes premiers joints, à faire le mur, à voler des médocs dans les pharmacies. Pour des raisons qu'on ne me donne même pas, on m'y laisse pendant les vacances de Noël. Trop, c'est trop. Je ne trouve rien de mieux qu'une tentative de suicide pour me sortir de là. Cocktail Lexomyl-Temestat !

Je n'ai pas envie de mourir pour autant et j'en fournis aussitôt la preuve : quand ma grand-mère arrive à l'improviste dans ma chambre, je suis en train de me faire faire ma première « gâterie » par une petite voisine de quatorze ans. Cela me vaudra une belle mandale de ma mère ! Mais on me rapatrie quand même près de Paris, à la pension de Maisons-Laffitte. Maman vient d'ailleurs d'emménager dans ce coin-là. Elle a quitté Sylvie et s'est installée à Conflans, au cœur d'une cité. C'est là, le week-end, que pour moi les grosses conneries vont commencer. D'abord, je me fâche définitivement avec mon père. À ses côtés, avec mes frères, on a participé à une *Sacrée soirée* de Jean-Pierre Foucault et j'ai réalisé au moins deux choses. Premièrement, pour Richard, il y a lui… et lui ! Ses enfants peuvent éventuellement lui servir, mais lui ne peut jamais être à leur service ! Deuxièmement, passer à la télé vaut donc à n'importe qui une incroyable gloriole. Le lendemain de cette émission, dans ma cité, tout le monde me reconnaît et me respecte. Je trouve ça trop génial. J'adore. C'est donc décidé, je n'aurai plus de père, mais je deviendrai célèbre !

Du coup, je me laisse approcher par ceux qu'on appelle les petits caïds de l'endroit. Je prends conscience que je n'ai pas un sou. Je me mets à consommer des acides et à dealer. Un jour, j'investis lourd. Je fais un achat. Du lourd ! Ma mère s'en rend compte. C'est un monde qu'elle connaît bien. J'ai les flics au cul. Ils m'arrêtent. Elle négocie avec eux et moi mon départ de Paris. On m'envoie donc – boule de graisse, de haine et de nerfs – chez Papy et Mamy qui ont pris leur retraite à Cambo près de Biarritz. Là, je vais connaître une année de rêve. Une vraie éclaircie dans cette enfance qui ne me laisse que le souvenir d'avoir été malheureux tout le temps. Avant de partir, petit évènement : je fais l'amour – enfin je baise – pour la première fois. Ça dure douze secondes dans un appartement du 16ème avec une copine de mon frère qui a dix ans de plus que moi. Une fille carrément canon.

À Biarritz, très rapidement, grâce à un équilibre de vie que je n'avais jamais imaginé, je vais passer des moments formidables. Je rattrape sans souci tous mes retards scolaires, je me mets à la danse, à la natation, au karaté. Je maigris à vue d'œil et je tombe amoureux. Elle s'appelle Morgan, elle est en classe avec moi et n'a jamais couché avec personne. Je deviens son premier amant. Cela se passe génialement. On fait l'amour trois, quatre fois de suite. On se jure fidélité et on tient bon pendant des mois. Je bascule soudainement dans l'extrêmement romantique !

Au fond de moi, pourtant, s'agite déjà un petit drapeau, celui de la liberté. Sur la crête des vagues de la plage d'Anglet, je surfe sur la fin de mon enfance et je ne rêve que d'une seule chose : m'émanciper.

IV. L'adolescence

« La valeur n'attend pas… »

1. SARAH – L'ADOLESCENCE

À 13 ans, je veux devenir dentiste. Je ne fais pourtant pas la fine bouche quand une amie de ma mère, Monique de Clermont-Tonnerre, lui explique que son fils Calixte n'a pas de partenaire pour le célèbre « bal des débutantes ». Mon miroir me donne son feu vert et Maman m'emmène chez Torrente pour ma première robe du soir. Je sors de l'école en jean et tee-shirt. Un quart d'heure plus tard, pétrifiée, je regarde les petites mains s'affairer autour de moi.

Paris-Match apprenant que j'allais être de la fête contacte Maman pour qu'elle organise une séance photo avec sa belle-mère. « La petite fille de Michèle Morgan fait son entrée dans le grand monde ». Voilà l'idée. Étrangement, Mimi est d'accord. Pendant le shooting, jouant la tendresse avec cette grand-mère que je ne connais quasiment pas, je me sens d'une naïveté et d'une incompétence totales. Pourtant, elle semble y prendre plaisir et décide même qu'elle m'accompagnera à la soirée. De son côté, le photographe de *Match* dit à ma mère qu'il ne faut pas « me laisser pourrir à l'école » et qu'elle doit me faire faire des photos car, j'aurais, selon lui, une « sacrée dimension » !

Le soir du bal, j'arrive là-bas un peu terrorisée mais je sens que je vais plaire. En fait, je m'attendais à une sorte de grand défilé et je réalise au tout dernier moment que je suis l'invitée la plus regardée d'une soirée prisée du gotha. J'en suis d'ailleurs la seule roturière et cela semble me conférer une grâce supplémentaire. Ce qui me touche énormément c'est que Mimi m'escorte. À son bras et à celui de Calixte, j'ai l'impression de faire ma grande entrée dans le monde des femmes !

Dans les mois qui suivent, maman accepte par à coups que je fasse de petites séances photo et, à la sortie de l'école, les chasseurs de têtes et les petits démarcheurs se multiplient. Je jette toutes les cartes de visite. Y compris celle de Monsieur Casablanca dont le nom m'amuse pourtant et dont ma mère m'apprend trop tard qu'il est le patron d'Elite.

N'empêche, elle commence à prendre conscience de l'intérêt que je suscite et m'autorise deux séances de mode, l'une pour Point de vue, l'autre, en Chanel, pour la fille qui dirige Vogue. Très rapidement, j'attaque les défilés de haute couture. J'ai quinze ans et je signe chez Ford puis chez Karine. L'argent commence à couler à flots. Ma mère surveille ma ligne avec... détermination : « Sarah, un gâteau mangé égale cinq cents francs de perdus, j'ai fait les calculs ! » Je n'ai pas le temps de savoir si je suis heureuse. De toute façon, quand on commence à tout avoir, on ne pense qu'à ce qui vous manque encore et on ne profite de rien ! Ce qui est sûr c'est qu'un certain avenir m'est promis. Les fringues, qu'elles m'aillent vraiment ou non, dès que je les porte, une sorte de magie s'opère. Partout, je suis une des reines de l'applaudimètre. Le seul problème qui demeure c'est que je n'ai pas réglé les miens. Du coup, un peu avant mes dix-sept balais, je sombre dans l'anorexie. Comme je suis incapable de me faire vomir, même si je me gratte jusqu'au fond de la gorge pendant des heures, je me dis, en vraie petite juive cinglée, que personne n'a grossi dans les camps de concentration et j'arrête quasiment de manger. Je découvre aussi quantité de produits qui font maigrir. Je suis alors l'égérie du couturier Jean-Claude Jitrois et la vie pourrait être une jolie rivière tranquille si le pire drame qui pouvait m'arriver ne survenait à ce moment : la mort de mon arrière-grand-mère. Pour moi, elle était tout : ma preuve, ma mémoire, ma tendresse, notre mère à tous. Elle décède à l'hôpital un jour où j'ai décidé de me distraire un peu. Je suis à Disneyland quand tombe le couperet. Le monde s'écroule. Je pleure tellement que je ne peux plus parler. Je me bourre de Stilnox. J'ai envie de mourir. On me soigne juste à temps pour éviter le pire.

Yvonne est la seule qui savait pour Witman. Elle n'avait pas le droit de me quitter. Mon corps le supporte si mal qu'il m'en fait voir de toutes les couleurs. Je commence par souffrir d'hypo-fièvre. Je descends à 35 degrés. Puis je prends six kilos en deux semaines et je gonfle comme une montgolfière. Seuls recours : les laxatifs. Je m'en gave et je manque me détruire. Cela dit, depuis dans la famille, on en a gardé l'usage.

2. ALEX – L'ADOLESCENCE

L'année passée chez mes grands-parents m'a considérablement aidé à régler mes problèmes d'œdipiens. Maman a, en effet, écrit un bouquin dans lequel elle racontait qu'elle avait été sexuellement abusée par son père. Or, j'ai beaucoup discuté avec mon grand-père et ces accusations (qui se sont, depuis, révélées exactes), semblent relever de la pure allégation. Ex-directeur technique de l'Opéra de Paris, véritable humaniste cultivé et généreux, cet homme n'a pas voulu dénigrer sa fille, mais j'ai bien senti qu'il avait considérablement souffert de son attitude. Je crois même que c'est pour prendre de la distance avec leur fille que mes grands-parents sont allés s'installer si loin de leurs bases ! Je n'en veux pas à ma mère d'avoir parfois pété les plombs. Les souffrances qu'elle a endurées l'excusent. Mais, pour moi, prendre de la distance avec certaines de ses vérités m'ouvre de nouveaux horizons.

J'ai d'abord commencé par rentrer à Paris, aussitôt essuyées les quelques larmes de ma rupture avec Morgan. Là, je me rends tout de suite chez Alice Dona où je suis les cours en auditeur libre. Au premier casting elle me prend parmi ses élèves. J'ai un peu plus de quinze ans. Je suis le plus jeune de l'écurie. J'ai le sentiment que je viens d'entrer au conservatoire et que le monde m'appartient. Je débarque enfin de plain-pied dans ma vie d'homme. Chez Alice, je rencontre Veronica qui va être ma petite amie pendant plus d'un an. Parallèlement, j'habite chez Maya, une nana canonissime de trente balais qui fait fantasmer le tout Paris. C'est elle qui se baigne toute nue dans la baignoire translucide qui fait le bonheur du Palace. Officiellement, on est juste copains. Sorry Veronica, je ne pouvais pas t'en parler, le plan « détournement de mineur » ne nous tentait pas tellement. Et puis, malgré mes quinze ans, je tenais terriblement à toi. Mon seul problème à cette époque, c'est que je n'ai pas un rond. Je suis trop jeune pour bosser et déjà trop vieux pour retourner chez maman. Alors je me fais des amis débrouillards. John, un mec de 25 ans qui a eu le même genre de trajet familial que moi et toute une bande de colombiens. Ils me branchent sur un gros coup. On va chercher des tas de choses sur le port de Marseille et on les ramène, coolos, par le TGV. Profit de l'opération : plus de cent mille euros.

Je commence à me faire chier aux cours d'Alice. Quelques semaines plus tôt, j'ai appelé ma demi-sœur Nathalie qui vit à New York. Elle a quinze piges de plus que moi et se fait une place au soleil dans un gros cabinet d'avocats. Elle m'a proposé de m'accueillir chez elle et je ne pense plus qu'à ça. Je vais encore mettre six mois à me décider mais, finalement, je pars là-bas avec ce qu'il me reste de pognon. Une somme encore rondelette.

V. La famille

« Plus éclatée, tu meurs »

1. SARAH – LA FAMILLE

Je veux la paix dans notre grande famille. Ne serait-ce que pour pouvoir complètement m'occuper de la mienne. J'ai pris conscience de mon problème de fond et j'apprends enfin à me faire confiance comme à faire confiance aux autres. Le plus important c'est de rester calme, de ne plus me masturber l'esprit. Pour les miens, face à eux, je suis prête à sortir de mon cocon. Prête à affronter la réalité.

La famille dont je suis issue, je la qualifie en un mot : dispatchée ! Pourtant, âgée de seulement deux ans lorsque mes parents ont divorcé, j'estime être la seule à avoir été protégée. C'est plus tard que sont survenus mes troubles, mes ennuis et mes interrogations sur le sens du mot « famille ». Lorsque j'ai clairement identifié mon père, je devais avoir quatre ans. J'ai alors beaucoup souffert de son absence. D'autant qu'il répondait assez rarement présent à nos appels, les miens comme ceux de ma mère, de mon frère et mes sœurs.

Ma mère a pourtant réussi à nous élever correctement, magnifiquement épaulée par Yvonne, mon arrière-grand-mère, qu'on appelait « Mamie » et qui l'avait aussi élevée. Quand maman est tombée enceinte, j'ai senti que le bonheur ne nous avait pas forcément tourné le dos. Je jubilais à l'idée qu'un petit frère allait arriver et que nous pourrions reconstruire autour de lui une vraie cellule familiale.

Malheureusement, il y a eu ce peintre en bâtiments que je n'ai pas osé dénoncer. La seule personne à qui j'en ai parlé c'est Yvonne, mon arrière-grand-mère. C'est elle qui culmine au sommet de ce que j'appelle toujours ma « grande famille ». C'est à elle que je m'adresse encore aujourd'hui par des lettres que je rédige sur mon journal intime. Voilà le dernier message que j'ai écrit pour elle :

My lovely Mamie ,

Mamie, tu sais, les mots me manquent, faute de culture et de justesse, pour te dire à quel point tu as raison. La vie n'est pas toujours rose, parfois morose même. Ce soir, je comprends enfin l'importance de te rendre justice. La balance, c'est toi. Tu es l'équilibre de ma vie. Malgré ton absence, tu es toujours présente, chaque minute, chaque seconde. Une seconde, cela compte. Alors, imagine… vingt-deux ans !

L'inquiétude, la souffrance de l'attente, l'apprentissage de la patience… et puis coudre, manger, prendre du temps pour soi… quelle ineptie pour moi… quel talent chez toi ! « Aujourd'hui, sois à ce que tu fais » me répétais-tu sans cesse. Et bien, désormais, j'y suis. Je sais ce qu'est l'inquiétude, la peur de ne pas revoir ceux qu'on aime, ceux à qui on veut consacrer sa vie.

« Aide-toi, le ciel t'aidera », me rappelais-tu aussi. Le ciel m'aide, je suis confiante.

« Pardonne à ceux qui t'ont offensée ». Je pardonne mais la crainte ne m'a pas quittée. Peut-on croire à notre justice ? Je crois d'abord à celle du cœur !

Peut-être suis-je un brin trop utopiste. C'est l'avis du juge qui s'occupe de nos affaires. J'en pleure et j'en crève. J'aimerais tant être bientôt heureuse.

Fais que ce rêve auquel je crois arrive. Je t'aime

Sarah Jane

Il m'arrive aussi de lui composer des poèmes. Voici quelques extraits du dernier en date :

Les conflits fracassants,

Les mots forts et violents

Les « je t'aime moi non plus »

Les Scarlet et Reth, je n'en veux plus.

Finie aussi Roméo et Juliette

J'arrête la fumette
Mon fils du signe du Cancer est né
La famille, il faut s'en occuper sans tarder.
Il n'y a pas de hasard mais il y a le destin
Tu es partie trop tôt pour certains
Beaucoup trop tôt pour moi
À l'heure pour d'autre mais en retard pour toi !

Yvonne COUPIAC, épouse BONZON, voilà le patronyme exact de ma mère secondaire, une femme exceptionnelle, libérée bien avant l'heure, qui a tenu un rôle important pendant la Résistance et qui, avec son mari, a géré plusieurs brasseries à Paris.

Moi, bien sûr, je ne l'ai pas assez connue. Ma curiosité naturelle à son égard a commencé à s'exercer vers l'âge de treize ans. Yvonne est morte lorsque j'en avais dix-sept. Quatre ans à peine à discuter alors qu'il m'aurait fallu mille et une nuits pour qu'elle me raconte la moitié de sa vie. Victime très jeune d'une paralysie faciale, elle avait tout de même une classe ahurissante. Très coquette bien que ne s'attachant aucunement aux biens matériels, elle a eu sa boîte de poudre de riz et son tube de rouge à lèvres à la main jusqu'au moment de sa mort. Toujours serviable, nous distillant une éducation haut de gamme, elle se voulait autoritaire mais, en réalité, se laissait mener en bateau à notre guise. Je me souviens d'un jour, en vacances dans un chalet qu'avait loué Mimi (Michèle Morgan), Deborah et Williams avaient balancé des abricots plein le jardin. En voulant les ramasser pour que personne n'ait d'accident, la pauvre a glissé sur un fruit, est retombée lourdement et s'est fracturé la jambe !

Zoltan, son mari, celui qui a donné son prénom à mon fils, est mort très tôt. Victime, ce qui est très rare chez les hommes, d'un cancer du sein. Sa maladie a duré près de treize années. Malgré la souffrance, il a, avec Yvonne, élevé ma mère qui avait été très vite délaissée par ses propres parents. Ces derniers, Freddie, le fils d'Yvonne, et Blanche ont ensuite eu un fils, Alain, que je ne connais pratiquement pas. Ils sont aujourd'hui séparés et leurs rapports avec ma mère se sont arrangés.

Freddie vit à Chateauroux où il s'est remarié et a eu un second fils, Renaud, que je n'ai jamais rencontré et que maman n'a vu que deux fois. Elle serait bien incapable de reconnaître ce demi-frère dans la rue !

Curieusement, Zoltan a tenu à inculquer, jusqu'à son dernier souffle, tous les principes de la religion juive à ma mère, sa petite fille, tandis qu'Yvonne, totalement traumatisée par la guerre, s'est retenue de révéler ses origines, même au sein de la famille. On lui demandait tout le temps : « Mais, mamie, tu es juive toi aussi ? » et elle répondait « non » en s'enfermant dans le plus profond mutisme. Une seule fois, dans l'intimité qui nous liait toutes les deux et tandis que je lui demandais pourquoi elle préférait se disputer sans cesse avec ma mère sur ce sujet plutôt que d'avouer, elle m'a murmuré : « Je vais bientôt mourir. À ce moment-là, je réglerai mes comptes là-haut ! »

Blanche, ma grand-mère maternelle, habite aujourd'hui Rueil-malmaison. C'est une femme plutôt sympathique que j'apprécie beaucoup. Mes autres grands-parents s'appellent – qui ne le sait pas – Bill Marshall et… Michèle Morgan.

J'aimais beaucoup Bill qui est décédé lorsque j'avais 13 ans. Ce n'était pas forcément un monsieur très recommandable et je sais qu'il a élevé mon père, Mike, à la dure avec des hurlements d'adjudant. Il détestait qu'on le contrarie et tout le monde redoutait son sale caractère. Mais quand je l'ai fréquenté parce qu'il habitait chez maman – dont il était l'ex-beau-père – les années l'avaient adouci. Comme souvent, il fut bien meilleur papy que papa. Il était de nationalité américaine et je lui dois, en grande partie, mon bilinguisme. Il avait travaillé longtemps dans le milieu du cinéma à Los Angeles et y avait rencontré Mimi, partie là-bas avec Jean Gabin. Bill et Mimi tombèrent très vite amoureux l'un de l'autre et mon père Mike fut le fruit de leur union.

Malheureusement pour leur amour, le bonheur de Mimi passa ensuite par son coup de foudre et sa passion pour Henri Vidal. Victime des lois californiennes intransigeantes, elle perdit la garde de mon père quand elle décida de rentrer seule en

France pour y poursuivre la triomphale carrière que l'on sait.

Plus tard, Bill revint heureusement de l'autre côté de l'Atlantique avec son fils. Il épousa alors Micheline Presles avec laquelle il eut un second enfant, Tonie, ma tante, que je connais peu mais que j'admire énormément. Réalisatrice du formidable film *Vénus Beauté*, elle avait auparavant signé un autre chef d'œuvre *Enfants de salauds* dans lequel il n'est pas trop difficile pour le clan Marshall de déceler la grande part autobiographique ! Avec ses quatre enfants, mon père aura sérieusement contribué à élargir ce clan. Malheureusement, sa propre instabilité et les circonstances de la vie ont fini par distendre les liens qui nous unissaient tous.

Mon père est la victime parfaite des déchirements familiaux. Une fois revenu en France, il a été placé en internat à la pension des Roches et y a, moralement, énormément souffert. Entre un père qui vivait la plupart du temps à dix mille kilomètres de lui et une maman débordée par ses brillantes activités professionnelles, il a éprouvé un cruel sentiment de solitude. Le succès très relatif de sa carrière d'acteur, étouffé par l'éternelle comparaison que subissent tous les fils ou filles des « légendes vivantes », n'a rien arrangé. Aujourd'hui, il ne boit plus mais j'ai longtemps mal supporté de le voir trimballer sa carcasse de cent trente kilos avec un rien de désespérance, un verre à la main et une clope dans l'autre.

Le côté psychorigide de son père dont j'ai quelque peu hérité et le charisme expansif de sa mère ne lui ont pas laissé beaucoup de place pour s'exprimer. Plus je comprends tout cela et plus je l'aime. D'autant qu'à bien des égards, ma vie ressemble à la sienne. Je ressens tout ce qu'il a vécu et je lui pardonne volontiers ses erreurs. Mieux, il me sert de miroir. Finalement, il a été un enfant de gens connus comme Alexandre et moi. Nous devons nous servir de ce savoir pour protéger notre propre enfant de nos errances. « Ton père, tu sais, ce n'est pas de sa faute » m'a souvent dit Mimi. Le malheur de notre fils, ce serait vraiment de la nôtre !

Sacrée grand-mère que j'ai tant vénérée et que j'admire encore ! Je n'ai jamais réussi à modifier les mauvaises et fausses images qu'elle a de moi. J'aimerais tellement qu'elle cherche à me connaître mieux, qu'elle me juge pour ce que je suis vraiment. Je serais tellement frustrée, tellement triste qu'elle s'en aille un jour, pour de bon, sans que nous ayons pu échanger nos vérités. Jusqu'ici, au fond, nous n'avons fait que nous croiser. Petite, avec papa, j'ai passé une quinzaine de jours de vacances, chez elle, à Saint-Tropez, mais je n'avais que dix ans et les enfants devaient s'en tenir à leur rôle d'enfant. Plus tard, je la voyais la plupart du temps pour aller récupérer la pension que mon père devait verser à ma mère. Pas l'idéal non plus pour créer le plus chaleureux des climats ! Nous avons enfin partagé quelques déjeuners. Mais à chaque fois qu'elle m'invitait, cela revêtait une telle importance pour moi que je me figeais. Je voulais tant qu'elle me trouve la plus belle, la plus intelligente. C'était un tel ravissement de l'écouter parler, de me plonger dans son sourire. Sur mes cahiers, j'inscrivais tous ses films. En boucle, je me passais *Remorques* et surtout *Marie-Antoinette* ! Mais bon, je me sentais un peu dans la peau d'un petit canard boiteux. L'une des petites Marshall face à la splendeur du clan Oury-Morgan, cela ne pesait pas bien lourd !

J'ai pourtant toujours adoré Gérard. Son statut de « beau grand-père », il le portait à merveille. Gentil, courtois, élégant, raffiné et tellement doué. Ses films me faisaient mourir de rire. Sa culture et son intelligence me fascinaient. Quand il a commencé à perdre la vue, lui, l'homme au regard si positif et aux si justes observations, je l'ai carrément trouvé héroïque. À sa place, je me serais flinguée. Je voue à cet homme le respect le plus total.

Avant d'épouser maman, mon père s'était marié avec Catherine et avait eu une première fille prénommée Samantha, que je considère d'autant plus comme ma sœur qu'elle a vécu chez nous une semaine sur deux jusqu'à ce que j'ai presque trois ans. Aujourd'hui, avocate de la Sacem, elle a elle-même quatre enfants très mignons : François, Charlotte, Nicolas et Alexandre, dont l'aîné vient de fêter son quinzième anniversaire. Je ne les vois presque jamais

mais ils sont tous dans mon cœur et, sans jalousie aucune, je me félicite de l'attention soutenue et de l'amour sans histoire que leur vouent Mimi et Gérard.

Avant que je naisse, papa et maman ont eu ensemble deux autres enfants. Ma sœur Deborah, la reine de la débrouille, est aussi tendre et baba-cool que bordélique. Mon frère William, artiste dans l'âme, est un épicurien, mais sérieux et appliqué. Ces deux-là s'entendaient comme larrons en foire et n'étaient pas les derniers au palmarès des quatre cents coups.

Deborah n'a pas eu le mari qu'elle méritait et vient d'ailleurs de divorcer. Il lui a tout de même légué une petite merveille : leur fille Léa. William a deux ans de moins que Debo et roule vers ses vingt-huit ans. Il a hérité du bon goût de maman et travaille dans la restauration et la décoration d'appartements et de villas. C'est lui que j'ai récemment accusé à tort, sur les ondes d'une grande radio, de m'avoir violée ! Ce jour-là, j'étais épuisée psychologiquement et je me suis exprimée n'importe comment. Ce que je voulais dire, c'est que la nature de nos rapports d'enfance et les fameuses séances de touche-pipe qui constituaient notre jeu favori, m'avaient ôté toute vigilance à l'égard du sexe.

Lorsque je suis tombée dans les griffes du peintre pédophile, l'absence de tout tabou m'a privée du système de défense qui aurait pu m'éviter l'horreur. J'ai donc rendu mon frère en partie responsable de ma détresse. Je ne peux pas lui en vouloir d'être allé laver notre linge sale à la télé, chez Ardisson. D'ailleurs, lorsqu'il est venu me rendre visite à l'Hôtel Dieu, pendant ma dernière hospitalisation, nous nous sommes réconciliés comme si de rien n'était.

Pendant ce séjour qui a finalement révélé à tout le monde que j'étais malade, ce qui m'a le plus aidée à entamer ma guérison, c'est cela : la présence des miens et leur prise de conscience de mes failles.

J'en ai d'ailleurs pas mal parlé avec Samantha qui a joué malgré elle un rôle déterminant sur ma destinée. C'est en effet grâce à elle que maman et Sabine Anthony sont devenues amies. Samantha sortait alors avec Xavier Anthony, le frère aîné d'Alexandre. Tout leur clan demeurait dans un superbe château assez éloigné de Paris, à Coulommiers, et tantôt maman tantôt Sabine faisaient la navette pour que leurs rejetons puissent passer du bon temps chez l'un chez l'autre. Elles en profitaient pour papoter et se confier leurs désillusions conjugales respectives. C'est ainsi qu'une nuit, après une dispute particulièrement musclée entre Richard et Sabine, on a vu débarquer en pyjama toute la marmaille Anthony, Sabine comprise.

C'est dans ce même appartement, avenue d'Eylau, une fois les Anthony repartis, que maman est tombée enceinte de mon petit frère David. Le futur papa venait de s'installer à la maison et s'appelait Émile. On s'entendait assez bien avec lui, même si la vraie passion de sa vie, le poker, contrariait souvent nos habitudes. Le week-end, quand il jouait avec ses amis, le salon nous était totalement interdit. Comme par hasard, il se situait exactement entre ma chambre et la cuisine. C'est dire s'il m'est arrivé de bouillonner.

David, c'est mon chouchou. Je m'en suis occupé avec passion pendant des années. C'était à la fois mon jouet et mon bébé. Je me suis parfois montrée trop sévère mais je lui ai tout de même dispensé mille fois plus de câlins que de fessées. Aujourd'hui, il a quinze ans et c'est un vrai petit mec. Je suis extrêmement fière de lui. Je ne connais personne qui possède un aussi grand sens de l'honneur. Je crois que même sous la torture, il ne pourrait pas dénoncer un des siens ! Un peu cancre au lycée, chapardeur à ses heures, immense taxeur devant l'Éternel, son comportement n'a, en apparence, rien de rassurant. Mais je sais trop comment bat son cœur, pour avoir peur. De plus, il est le seul à n'avoir jamais repoussé Alex. Il l'adore autant que moi. Peut-être parce qu'il est le seul aussi à s'être donné du mal pour le connaître.

2. ALEX – LA FAMILLE

Mon père ne connaît pas la couleur de mes yeux et n'exprime l'envie de me voir qu'une fois tous les dix ans, en alternance avec mes huit demi-frères et soeurs – « j'ai neuf enfants reconnus » a-t-il l'habitude de déclarer, avec autant de tact que d'humour ! » – et mon incalculable nombre de belles-mères.

J'ai pourtant vécu avec lui jusqu'à l'âge de onze ans. Mais c'est aussi qu'il ne pense qu'à lui. Peut-être s'est-il réfugié ainsi dans l'égocentrisme pour effacer la douleur d'avoir perdu, enfant, son propre père. En tout cas je ne me souviens du son de sa voix qu'au travers de ses chansons et des échos hurleurs de ses disputes avec ma mère.

Sans elle, pourtant, il n'aurait jamais percé comme il l'a fait. Mannequin, vedette prisée par tout le show biz, première héroïne des bas Dim, elle a généré autour de lui une ambiance propice et lui a présenté des tonnes de potes célèbres.

La seule personne qui aurait pu tenter de m'expliquer quel homme est ce père dont je sais tout juste qu'il est né en Égypte, d'origines syriennes, eût été sa mère, ma grand-mère Margareth. Elle est morte trop vite, un peu avant mes neuf ans. Je me souviens tout de même qu'elle faisait la bouffe à merveille et j'ai encore sur le palais l'arôme inimitable de ses feuilles de vignes.

Du côté de maman, j'ai déjà tout dit sur mes grands-parents qui vivent calmement, humblement, un peu en famille Fenouillard, à Combo-les-bains, dans le sud-ouest, où j'ai d'ailleurs passé presque un an.

Il y a aussi quelques oncles et tantes que je n'ai jamais vus et ses deux frères, bandits de grands chemins, qu'elle n'a pas revus depuis des siècles. Ils ont passé une grande partie de leur vie en prison et on ne sait même pas s'ils en sont sortis.

Moi aussi j'ai deux frères que je ne vois pas souvent, avec qui les brouilles peuvent durer un quart d'heure ou un siècle. Mais qui demeurent malgré tout inscrits dans mon cercle affectif.

Xavier, l'aîné, a huit ans de plus que moi. Pendant longtemps nous sommes restés très unis. De dix-huit à vingt-quatre balais, après la disparition de papa, il s'est occupé de ses petits frères sans penser à se construire lui-même. Il a été mon père de remplacement, celui qui surveille les devoirs, enseigne les petites choses de la vie mais tente également de réparer quelques dégâts.

Il me trouvait, par exemple, un peu trop gros. C'est le moins qu'il pouvait dire puisque j'étais obèse. Et bien, il a ouvert un jour la porte des chiottes et m'a photographié avec un polaroïd, les jambonneaux écartés, le caleçon aux mollets, le ventre dégoulinant sur les genoux. Cette ignominieuse photographie, il l'a ensuite collée sur la porte de mon meilleur ami : le réfrigérateur. De même qu'il a menacé de faire placer des cadenas sur les portes du placard de la cuisine !

Et comme il savait pertinemment que ma boulimie compensait un cruel manque affectif – je devais avoir onze ans quand ma mère m'a délivré son dernier câlin ! – il redevenait souvent le grand frère complice et compère, celui qui vous ajuste une casquette et des lunettes sur votre tronche de marmot de douze ans, pour vous faire entrer dans la boîte la plus à la mode de Paris, le *Boy*.

Cédric, lui, a deux ans de moins que moi et même si nous avons partagé de bons moments, nous avons surtout échangé les pires râclées. Pas des jeux de mains, jeux de vilains qui tournent au vinaigre. Non, de vraies saloperies de méchants garçons. Petit dernier, donc hyperprotégé par ma mère, il m'énervait à mort. Je le surnommais « le crapaud ». Et moi, trop libre, trop rebelle, trop débrouillard, je le gonflais autant. Bref, on se jalousait sans se le cacher. Aujourd'hui, toujours aussi secret, Cédric fait des affaires, honnêtes je précise, mais sans qu'on sache exactement dans quel domaine.

Côté beaux-pères, maman a fait preuve à notre égard de beaucoup d'élégance. Tant que nous étions encore enfants elle n'a jamais installé de mec à la maison. Je pense qu'elle a vécu quelques amourettes mais toujours dans une absolue discrétion. Une fois tous ses garçons loin du nid, elle a connu une liaison de près de six ans avec un homme qui la méritait mais sans pourtant penser à convoler. Aujourd'hui, j'imagine que refaire sa vie ne lui déplairait pas.

Avec mon père, ils se sont revus à trois ou quatre reprises mais, à chaque fois, cela s'est mal passé.

VI. Le sexe

« Sur le chemin du Nirvana »

1. SARAH – LE SEXE

Curieusement, j'ai dû attendre d'avoir dix-sept ans pour apprendre à me caresser. C'est un amant qui m'a donné ce cours particulier. Je suppose que j'avais un vrai problème avec mon corps et que l'ordure de peintre pédophile de mon dressing n'y était pas pour rien. D'après mon frère et celui d'Alex, William et Cédric, les deux grands manitous des récurrentes séances de touche-pipi de notre enfance, je prenais pourtant du plaisir. Je refusais sûrement de l'admettre. L'air de rien, on avait donné une dimension assez surréaliste au basique jeu du docteur. Cédric n'hésitait pas à faire venir des copains et William filmait tout ça avec sa petite caméra-vidéo. Ce qui est sûr c'est que j'avais beau savoir parfaitement comment étaient faits les sexes de garçons, cela n'influait pas sur mes sentiments. D'après tout ce que j'ai pu recueillir comme confidences en grandissant, je crois que je suis la seule fille à ne jamais être tombée amoureuse pendant son enfance, voire même son adolescence.

À l'école, j'étais pourtant leur meilleure copine. Toujours avec les mecs... mais pas pour batifoler ! Les poupées ou les dînettes, je trouvais ça débile. Tous mes jeux étaient masculins. Mon dépucelage, je l'ai d'ailleurs un peu décidé comme un mec. Je n'avais pas de « professionnel » sous la main, mais j'aimais bien Cédric qui avait, en outre déjà l'avantage de me connaître... intimement ! Alors, je lui ai demandé. Je me souviens de lui avoir dit : « comme ça, ce sera fait ». C'est dire l'ampleur de mon désir ! Il avait juste pour consigne que les choses se passent naturellement, qu'on ne s'adonne pas à une mise en scène romantique ridicule. Cela s'est passé un 21 Juillet dans la chambre de ma sœur Deborah.

J'avais 15 ans. J'étais allongée sur un lit, sur le ventre, en train de commander une pizza au téléphone. J'étais juste vêtue d'une petite nuisette de chez Etam. Du coup, pas l'ombre d'un préliminaire. Je crois que cela a duré deux minutes. Sans plaisir ni douleur. Je m'étais quasiment fait dépuceler sans m'en apercevoir ! Du coup, je me suis senti pousser des ailes. J'ai commencé par téléphoner à un type qui me draguait depuis deux ans, que j'avais déjà laissé m'embrasser sur la bouche et qui m'excitait. Je l'ai appelé d'une cabine téléphonique pour lui dire à peu près : « Ça y est, je suis une femme. J'ai deux semaines de libre à partir du premier août. Je sais que ta femme part en vacances. Emmène-moi quelque part ! » Le premier août, on s'envolait pour la Tunisie. On avait quinze ans de différence. L'aventure a mal tourné. Il avait une queue énorme et cela me faisait très mal. Et puis il craquait tous les préservatifs et je me suis retrouvée enceinte. Sympa, quand on a quinze ans ! Par chance, si on peut dire, j'ai fait une fausse-couche sans avoir à la provoquer.

Il m'a fallu ensuite sept ou huit autres amants pour enfin découvrir le plaisir en faisant l'amour. C'était au mois d'août de l'an 2000 avec quelqu'un de très célèbre. Un type charmant que des milliers de filles m'auraient envié. Mais il était beaucoup trop parano pour que nous révélions au grand jour une relation qui a duré tout de même six mois. Dès la première fois, nous avons eu un orgasme simultané. Je l'aimais beaucoup, ce qui, pour moi, est un visa indispensable pour m'éclater. J'ai pensé pendant quelques semaines qu'il était peut-être le bon, celui avec qui j'allais faire ma vie. Cette perspective l'effrayait un peu. Pour ne pas lui donner corps, il se cachait encore plus. On s'est fait chopper une ou deux fois par des paparazzis mais il ne l'a jamais su. Par chance pour lui, j'avais une copine qui connaissait bien ce milieu et qui a pu récupérer les clichés contre monnaie sonnante et trébuchante.

Et puis j'ai rencontré, enfin, plus exactement, j'ai retrouvé Alex. Je l'ai vu danser dans une boîte de nuit sans le reconnaître et je me suis sentie irrésistiblement attirée. C'est moi qui l'ai dragué. Je suis allé vers lui et je l'ai goulûment embrassé sur la bouche. Ce soir-là pourtant, j'étais, comme la plupart du temps, chaperonnée par mon frère qui n'avait pas l'habitude de me laisser très libre. J'ai d'ailleurs été sidérée qu'il ne m'ait pas fait de crise quand, prenant mon courage à deux mains, je me suis plantée devant lui pour lui dire que je rentrais avec Alex. En fait, William avait prémédité cette rencontre avec le frère d'Alex. Mon aplomb les a donc bien amusés. Dans la voiture d'Alex, j'étais totalement perturbée. Sa voix, son regard, son mélange de timidité et d'impétuosité me troublaient. Nous avons un peu discuté, beaucoup flirté, puis nous nous sommes dirigés vers chez moi. Quand je lui ai demandé s'il connaissait l'avenue d'Eylau, il m'a regardée avec un peu plus d'intensité. « Tu rigoles ?... j'ai habité là pendant des années ! » Arrivés devant mon immeuble, je lui ai dit « voilà c'est là » en lui déclinant le numéro de la rue. Il a serré son frein à main en tournant lentement son visage vers le mien. J'ai senti une immense perplexité l'envahir.

– Tu me fais une blague ou quoi ? Tu ne vas pas me dire que tu vis dans cet immeuble ? Sa question m'a un peu décontenancée.

– Mais si bien sûr !

– Ah ouais, a-t-il rétorqué sur un ton presque ironique, et on peut savoir à quel étage, s'il te plaît ? ». J'ai alors eu l'impression que ma réponse – au premier, monsieur l'inspecteur ! – le plongeait dans une sorte de cinquième dimension.

– Ne me dis pas que tu es Sarah… Sarah Marshall ? À l'énoncé de mon nom, je l'ai rejoint du côté d'*X-Files*. J'ai juste balbutié :

– Alexandre ? Alex ? C'est toi ? Tu es le frère de Cédric ?

Nous sommes restés silencieux plusieurs secondes, la gorge nouée, les mains moites. Et puis nos enfances se sont embrassées pour ne plus rien brusquer, longuement, fiévreusement, avec la furieuse envie de jouer tout de suite à des jeux d'adultes. Mais je me voyais mal risquer de réveiller ma mère en lui disant :

– Maman, j'ai ramené l'homme de ma vie… au fait, tu te souviens d'Alexandre ? »

N'empêche, le surlendemain, l'appartement étant libre, après un dîner très romantique, on a passé notre première nuit ensemble. Et là, physiquement, ça a tout de suite été génial. J'avais l'impression qu'Alex connaissait mon corps par cœur. Il devançait tous mes désirs. Il exauçait tous mes frissons. On s'envolait, à chaque fois, à l'unisson.

Pendant deux mois, je me suis retrouvée avec deux fiancés. J'avais prévenu Alex que j'avais un mec et il avait accepté la situation. Du moins provisoirement. En fait, je n'ai plus recouché avec son rival que deux fois et, franchement, sans aucune conviction. Mais je comprenais mal sa tolérance. Je le trouvais trop honnête, trop gentil, trop doux. Je crois qu'à cette époque je lui en ai fait voir de toutes les couleurs. Ma première crise c'est le jour où il m'a envoyé un bouquet de roses rouges. J'ai horreur des fleurs coupées, vouées à mourir. Je l'ai incendié au téléphone. Si ma mère ne lui avait pas ouvert la porte, je ne suis pas sûre que j'aurais accepté de le revoir. Je brandissais mon intransigeance comme un défi permanent. J'avais envie de me marier, de faire un enfant et je pressentais qu'il était l'homme de la situation. Mais, comme le dit la chanson de Gainsbourg, je préférais fuir le bonheur avant qu'il ne se sauve. Et puis, creusée par l'incrédulité et les cicatrices des épreuves familiales, il y avait déjà en moi une faille profonde où notre avenir amoureux aurait dû s'évanouir. Ce qui l'a sauvé c'est que je n'ai jamais menti à Alex. Et quand m'échappent à moi-même mes plus profondes vérités, c'est lui qui les détecte.

Ma bisexualité, par exemple. Avant lui, je n'en avais jamais pris conscience. Elle m'accompagne sûrement depuis longtemps mais je n'osais pas me l'avouer. C'est en regardant ensemble des films à la télé qu'il a subodoré quelque chose. Je commentais sans cesse le physique des actrices, de façon très critique d'ailleurs. Presque compulsive. Alex en a déduit que cela dénotait un intérêt inavoué. Il m'a convaincue sans mal qu'il faudrait faire un test. Un jour, dans une soirée privée, on a flashé tous les deux sur une superbe gonzesse qu'il s'était faite avant qu'on se connaisse. On l'a draguée ensemble et on l'a ramenée à la maison. Elle n'avait jamais connu ce genre d'expérience. Cela rendait la chose plus mignonne et tout s'est passé très simplement. Complicité spontanée ou point d'honneur implicite, il n'y a pas eu de pénétration. Pas de révélation non plus, d'ailleurs. Mais pas l'ombre d'un tabou pour autant. Et, entre Alex et moi, une sorte d'osmose jubilatoire. Sauf à deux instants précis. D'abord quand Sabine, la maman d'Alex, a frappé à la porte. Ensuite quand notre conquête a décidé de rester dormir avec nous.

2. ALEX – LE SEXE

Quand mon frère aîné m'a appris son homosexualité, cela ne m'a fait ni chaud ni froid. J'étais pourtant le premier de la famille à le savoir. Mais, bon, chacun fait ce qu'il veut de son cul, et, pour moi, tous les désirs se valent.

Le sexe avec un autre mec, je sais ce que c'est. J'ai découvert cela à New York, par simple curiosité. À la fin d'un défilé de mode, je suis parti en virée avec un top mannequin. Un Français super beau. On a écumé deux, trois boîtes, pris un peu de schnouf, puis on s'est retrouvés chez lui. Les choses se sont alors déroulées très naturellement, sans dégoût ni révélation. Sans sodomie non plus. J'ai trouvé cela ni bien, ni mal. Plutôt moins agréable qu'avec une femme. Nettement moins, même !

Pourtant, cette folie passagère d'une nuit de hasard s'est, depuis, plusieurs fois reproduite, plus par goût de la fantaisie que par réelle envie. J'ai toujours voulu tout essayer mais je demeure foncièrement un mec à femmes. Avant Sarah, je les ai collectionnées comme on collectionne des images, sans doute pour me rattraper de mes piètres débuts de séducteur. J'ai tout de même été obèse jusqu'à treize, quatorze ans. Cela n'a rien d'idéal pour la confiance en soi ! À seize balais, une demi-douzaine de régimes avaient eu à peu près raison de mes kilos. À dix-huit ans, le surf et le karaté avaient enfin sculpté mon corps. Et là, D.J. tour à tour à Paris, New York et Mexico, le genre qui mixe torse nu en se la jouant à mort, il m'arrivait de m'envoyer deux, trois filles par jour ! Ma façon à moi de me rassurer, de relever le défi que je m'étais fixé tout petit : devenir le meilleur coup du monde (rire). Je ne suis pas sûr d'y être parvenu, mais dans l'ensemble, je n'ai pas eu trop de plaintes. De toute façon, je suis incapable de jouir sans faire jouir. C'est une petite garantie même si on ne sait finalement jamais ce que sa partenaire espère vraiment.

Des partenaires, j'en ai eues de toutes les tailles, de toutes les couleurs et de tous les âges, de seize à cinquante ans. Je n'ai aucun type de fille et aucune répulsion non plus, sauf pour celles qui ne prennent pas soin de leurs corps, et notamment celles qui ne s'épilent pas. Je ne cache pas mon faible pour les eurasiennes et pour les argentines, mais au fond, les filles qui m'attirent le plus, ce sont les… intouchables. J'adore les missions impossibles. Comme la plupart des mecs qui ont eu la chance de ne jamais être en manque, je me désintéresse des nanas qui s'offrent facilement. Avec les autres, j'aime tout. Sauf le scato et le sadomaso pur et dur. Cela dit, de temps en temps, une once de brutalité ajoute un peu de sel. Comme attacher les bras de sa belle aux barreaux du lit avec des rubans de satin.

Ce que je préfère ce sont les mini-partouzes. Se retrouver seul mec au lit avec deux ou trois filles, je ne connais pas plus grand défi ni meilleure thérapie. Surtout si les nanas font l'amour ensemble. Mais il faut que l'ambiance demeure glamour. En fait, pourvu que tout reste beau et propre, j'aime le sexe sous toutes ses formes et je suis le premier à vouloir tout tester. La seule chose étrange, compte-tenu de mes expériences homosexuelles, c'est que je ne peux imaginer une partouze mixte. Peut-être parce que je n'ai toujours décliné ce genre de fantaisie qu'au féminin. La première fois, c'était à New York. Je travaillais comme barman au *Greenwich Café* et je vivais chez ma sœur qui était partie en week-end. J'ai emmené deux de mes clientes chez elle et on a baisé pendant quarante-huit heures. Je n'arrêtais pas de bander.

Quand j'ai rencontré Sarah, j'ai eu le sentiment de débarquer sur une autre planète. J'ai carrément cru coucher avec ma petite sœur. Et pas seulement à cause de notre passé commun. La première fois, on aurait presque dit qu'elle était vierge. Moi, du coup, je réfrénais toutes mes pulsions. Ce fut donc un fiasco total. Le pire c'est qu'il a failli ne pas y avoir de deuxième fois.

Pour la mettre en confiance, j'avais en effet envoyé à Sarah un énorme bouquet de roses. Or, elle a horreur des fleurs coupées et a décidé de ne plus me revoir.

Heureusement j'ai réussi à convaincre sa mère de m'ouvrir la porte et j'ai pu emmener Sarah dans un super restaurant : au Cambodgia. Aussitôt remonté chez elle, je me suis lâché. Le grand jeu, à la fois bestial et attentif. Elle a décollé presque tout de suite. J'étais obligé de la bâillonner de la main pour que sa mère ne croie pas que je la tuais !

Pendant six mois, on n'a plus arrêté de faire l'amour. Une sorte d'apprentissage frénétique du « comment tout faire ». Je me souviens d'un hôtel où nous sommes restés au lit pendant trois jours et trois nuits. Aujourd'hui pour moi, le meilleur coup du monde, c'est ma femme ! Elle m'a d'ailleurs appris la fidélité, ce qui n'était pas gagné d'avance, d'autant que nous avons connu une chute de libido assez dramatique. Entre les flics, les juges, les journaux, les conflits familiaux et la privation de notre fils, nous n'avions plus le cœur à la galipette. Cela s'est arrangé dès que nous avons récupéré

Zoltan. Et quand on est partis au Togo on n'a pas laissé à l'avion le temps d'atterrir pour fêter notre sage Africa ! La cabine d'un avion, le capot d'un bateau, la cage d'un ascenseur... des baises insensées, je m'en suis offertes quelques-unes. Surtout avec les filles dont j'étais amoureux.

Avant Sarah, j'ai vécu trois histoires importantes. Toutes se sont terminées par un gros chagrin d'amour. L'une d'entre elles, la plus longue, a duré presque deux ans et aurait dû se terminer par un mariage. Elle s'appelait Yumil. Une blonde aux yeux verts et à la peau mate absolument sublimissime. Son père était directeur du ballet de Cuba mais je l'ai rencontrée au Mexique, à Huatulco. On a vécu passionnément sans l'ombre d'un nuage jusqu'à l'envie de parler de mariage et d'enfant. Et puis, un soir, elle est rentrée à la maison avec une tête de huit pieds de long et elle m'a expliqué qu'elle m'aimait toujours mais qu'elle avait rencontré un type d'une cinquantaine d'années avec qui elle allait partir aux États-Unis parce qu'il lui avait promis d'y faire rapatrier toute sa famille.

Pendant un mois et demi je suis resté prostré devant la porte de chez moi. Je ne pouvais plus foutre un pied dehors. J'en porte encore la cicatrice. Par chance, une copine a débarqué un jour de Norvège et m'a trouvé dans cet état pitoyable. Elle m'a forcé à me remuer et elle m'a emmené dans sa valise à Acapulco. Déjà, le nom, cela donne envie de revivre !

VII. Le couple

« Parce que c'était lui, parce que c'était elle »

1. SARAH – LE COUPLE

Avant Alex, au fond, je n'aimais pas les mecs, du moins la plupart d'entre eux. Pour moi, c'était une engeance reluqueuse et lourdingue, obsédée par le cul. Je détestais leurs avances balourdes et leur attitude discriminante. La race des dragueurs de boîte notamment me révulsait. Pourtant, quand un homme, échappant à mon dégoût, m'attirait un peu, je couchais avec lui dès le premier soir. Je passais donc à la fois pour une fille légère et distante ! En fait, persuadée qu'une liaison n'avait pas d'intérêt sans promesse d'avenir mais qu'aucun futur n'était viable sans osmose sexuelle, je ne supportais pas de perdre du temps.

Quel honneur préserve-t-on en faisant mariner l'autre ? Dans ma tête, c'était « si j'ai envie que tu me fasses l'amour, c'est que je t'aime déjà un peu, alors couchons tout de suite et on verra aussitôt si je me trompe ! » Ce besoin primordial d'être avec quelqu'un qui saurait me faire prendre du plaisir définissait finalement ma quête de l'homme idéal. Celui qui peut, qui veut et qui sait me faire jouir. Un chemin tout tracé pour parvenir à Alexandre.

Grand, brun, autant ami qu'amant, frère que mari, il est tout à fait celui que j'attendais. Et puis, fonceur. Alex avance toujours toutes pompes devant. Le bélier parfait. Alors, bien sûr, parfois, j'aimerais pouvoir atténuer son impétuosité, modérer son impatience, tempérer sa nervosité. Mais je sais que ses défauts font ses qualités.

Certains pensent que je subis son emprise. En fait, je suis sa comédienne et ses humeurs me mettent en scène. C'est Alex qui enjolive ma vie. Sans lui, je me sens paumée. Sans lui, je m'ennuie. J'aime sa prestance, sa présence, son omniprésence. Cette façon qu'il a, même sans parler, de dire : « je suis là, je m'impose et vous me voyez bien ! » Et quand il l'ouvre, je reste médusée par ses talents d'orateur. Alors, évidemment, je ne serais pas opposée à ce que le futur gomme un peu son côté agressif. Mais serait-ce aussi délicieux de passer des soirées dans ses câlins d'enfant perdu, dans ses regards d'agneau, s'il n'avait pas joué toute la journée à la brute épaisse ? Aujourd'hui, de toute façon, trop de choses nous unissent pour qu'on se sente en danger. Notre fils, bien sûr, au premier plan. Nos galères en second.

C'est invraisemblable mais quoi qu'on fasse ensemble, nous générons une sorte de guigne qui nous rapproche. Le genre « cette fois, il ne pourra pas y avoir pire, mon amour ! », « mais si, ma chérie, avec nous il y a toujours pire ! » : au Togo par exemple, où nous avons tenté de trouver un peu de calme dans un hôtel super confort, loin de tout, loin des nuages, des téléphones et des téléviseurs. Et bien, le soir du retour, le teint hâlé et le moral flambant neuf, surexcités à l'idée de retrouver Zoltan et de tourner notre premier film ensemble sous la houlette de Gael le Forestier, nous nous sommes pris en pleine tête un surbooking catastrophe. Non seulement, l'avion s'est envolé sans nous, mais on nous a appris qu'il n'y aurait pas de prochain vol avant quatre jours !

Voilà. Aussi simple que cela. Marshall – Anthony : le couple maudit !

D'un autre côté, devant la carte d'un restaurant ou les affiches d'un ciné multi-salles, pas la peine qu'on s'échange nos choix à haute voix. Ils sont toujours identiques. Même au chinois devant ces menus où il y a plus de plats sur la même page que de grains de riz dans un bol. Nos plus chaudes disputes ne nous font plus peur. On s'y livre pourtant sans retenue. On se convainc même que, cette fois, les bornes sont dépassées. Mais à l'instant où je hurle que plus jamais je ne veux le revoir, je sais au fond de moi que si on m'enlevait Alex, ce serait comme si on m'arrachait les bras.

Et plus le temps passe, plus cela s'aggrave ! On connaît si bien nos rôles qu'on ne saurait plus en jouer d'autres. Alex est l'homme avec un grand « H ». Il dirige tout, fait tourner la machine, gère le budget. Moi, je suis la femme ancestrale ; celle qui tient son foyer, celle qui pense aux petits pots pour bébé et à la couleur de sa nuisette du jour, celle qui n'a jamais honte de l'adjectif docile pourvu qu'on ne le fasse pas rimer avec imbécile !

2. ALEX – LE COUPLE

Avant Sarah, je ne croyais pas à l'idée de couple. J'étais bien sûr tombé amoureux mais je revendiquais de ne pas être le mec d'une seule femme pour la vie et même d'une seule femme à la fois ! Avec elle, j'ai compris que pour que ça marche avec une femme, il fallait déjà qu'elle soit ma meilleure amie. Sans complicité morale, pas de complicité sexuelle durable. Les déprimes du lendemain matin, j'en ai eu ma dose. C'est tout de même autre chose d'essayer de construire un vrai truc avec une nana qu'on apprend à décoder jour après jour. Mais pour que cela dure et perdure, il faut que l'histoire se renouvelle tous les jours, que le jeu de séduction ne s'arrête jamais, qu'on ajoute sans cesse du piment dans la sauce.

Presque tous les couples succombent à la routine et crèvent à cause d'elle. Ça tient un an, sept ans, trente ans et puis ça meurt en faisant des tas de dégâts collatéraux. Je suis sûr qu'on peut contourner le problème si on contrôle l'évolution. Sûr aussi qu'avec Sarah, je ne me suis pas trompé de personne. Quand on sort encore amoureux du genre d'épreuves qu'on a traversées, il n'y a plus vraiment l'ombre d'un doute !

Chez Sarah, j'aime tout, à commencer par ses défauts. J'adore l'image qu'elle renvoie. Glacée. De marbre. Et puis c'est une fille aussi entière que désintéressée. Quinze fois, je l'ai vue se faire draguer par des milliardaires. Elle s'en fout. Elle n'est d'ailleurs impressionnée par personne et dit toujours ce qu'elle pense. Et puis elle est vraiment magnifique. La seule chose contre laquelle je me bats, c'est sa naïveté. Elle fait beaucoup trop confiance à des gens qu'elle ne connaît pas. Elle sort blessée de sa relation avec eux. Pourtant, elle peut aussi se prendre pour le centre du monde. Pour une princesse capricieuse. Quand elle m'a rencontré, c'est un peu comme si elle avait pris un ticket pour Disneyland. Elle a appris plein de choses, approché des trucs entièrement nouveaux pour elle. On se complète parfaitement. On partage les mêmes idées et on pense toujours la même chose au même moment. En fait, je suis un peu le grand frère avec lequel elle couche ! Un grand frère garde-fou contre pas mal de choses car, contrairement à ce que certains racontent, je la freine bien plus souvent que je ne la pousse dans certains excès!

Professionnellement, nos tâches sont très équitablement réparties. Je gère le business et elle se charge de l'artistique. Avant elle, je m'habillais comme un clodo. Elle m'a appris à poser, à marcher, à me fringuer. Je lui ai aussi enseigné pas mal de choses, mais pas forcément dans le bon sens.
Avant elle, j'avais la déraison de paraître. Désormais, j'ai trouvé ma raison d'être.

VIII. Le mariage

« Pour le meilleur, contre le pire »

1. SARAH – LE MARIAGE

Quarante-huit heures avant la cérémonie, nous ne savions toujours pas si nous n'allions pas devoir l'annuler, qui répondrait à notre invitation et comment nous pourrions régler les factures. Ce mariage, il y a pourtant plus de deux ans que je l'attendais.

La première fois que j'ai demandé à Alexandre de m'épouser, c'était en décembre 2000, trois semaines seulement après notre rencontre. Je crois qu'il a dit oui sans réfléchir, ne réalisant les conséquences de sa réponse que trois jours plus tard, quand je l'ai traîné à l'hôpital pour s'y soumettre au test du sida. Il revenait à peine du Mexique et je ne voulais pas d'un mari bourré de maladies. Je n'avais parlé de ce projet qu'à mon frère William qui s'est empressé de tout raconter à ma mère. Face à la vigueur meurtrière de sa première question, « Sarah, ton frère m'a dit que... enfin, à propos de ce mariage... réponds-moi que ce n'est pas vrai... Tu ne vas tout de même pas t'engager avec ce paumé ? », j'ai reculé direct : « Mais non, maman, ne nous emballons pas, on verra bien ce qui va se passer, j'ai la tête sur les épaules ». Mais ma tête chavirait complètement pour Alex. Jamais je n'aurais cru qu'on pouvait tomber amoureuse à ce point-là. Trois mois plus tard, je remets donc le sujet sur la table mais l'ambiance n'a pas changé. Maman s'énerve tout de même un peu plus : « Je ne veux pas entendre parler de cette connerie. Votre histoire me déplait d'ailleurs de plus en plus. Tu as vu comme tu es pâle et maigre ? Tu ne manges plus rien. Ce garçon a une mauvaise influence sur toi. Je suis sûre qu'il se drogue. Je ne te laisserais pas sombrer là-dedans ! »

C'était faux. Je n'avais encore jamais consommé la moindre once de quoi que ce soit et Alex, qui ne me quittait pas d'une semelle, ne prenait rien non plus. En revanche, je sombrais dans l'anorexie. L'attitude de ma mère à l'égard de l'homme que j'aimais me bouleversait. Mais, bon, on habitait chez elle, on sentait qu'on dérangeait, on n'a pas insisté.

À la fin du printemps 2001, le climat est devenu infernal. La déprime gagnait les deux camps. Sabine, la mère d'Alex, grande copine de Maman, avait rejoint le camp des opposants à notre union. C'est là que j'ai fumé mon premier pétard puis sniffé ma première ligne de coke ; j'ai malheureusement été scotchée tout de suite et j'en ai redemandé. Alex culpabilisait à mort, mais il a cédé puis m'a accompagnée. On mettait nos délires sur le compte de ce mariage dont je lui avais enfin reparlé avec détermination. On se disait que nos excès servaient à tester la solidarité de notre couple. Bref, on déconnait à pleins tubes et, curieusement, pendant toute cette période, personne ne s'est douté de rien.

En juillet, on a décidé de changer de vie. On a fait nos valises, on s'est installé à l'hôtel et on a tout arrêté. Début août, j'ai prévenu Alex que je souhaitais passer quelques jours avec maman qui m'invitait pour une petite croisière sur le bateau de son ami, au large de Saint-Tropez, mais qui ne souhaitait pas sa présence. Il l'a plutôt mal pris. D'autant que, connaissant bien l'ambiance tropézienne, il n'appréciait pas trop que j'aille m'y plonger sans lui.

Arrivée cinq minutes en retard à l'embarcadère, j'ai pu tout juste joindre maman sur son portable pour apprendre que son copain n'avait pas daigné m'attendre et qu'ils avaient levé l'ancre. J'ai alors appelé Alex en larmes, mais il ne m'a pas crue et a piqué une colère épouvantable.

– Fous-toi de ma gueule. Tu n'avais rien prévu avec ta mère. Tu es allée à Saint-Tropez pour montrer ton cul à tout le monde. Je ne veux plus entendre parler de toi !

Quand il a raccroché, je me suis mise à pleurer deux fois plus fort. La rupture me semblait irréversible. De toute évidence, je restais sur le quai, mais mon mariage était à l'eau.

Alex était chez une de ses copines à Bandol. Après quelques jours de silence, on a repris contact. Mais son humeur demeurait maussade. J'avais commencé par me poser dans un petit hôtel qui, très rapidement, a épuisé mes ressources. Heureusement, j'ai ensuite retrouvé des copains qui louaient un appart dans une résidence de vacances et qui m'ont hébergée. Ma grand-mère, elle, seule avec Gérard Oury dans leur immense villa, n'avait pas exprimé le souhait de me recevoir ! Un soir, Alex, qui avait réussi à emprunter une moto, a débarqué. On s'est longuement expliqué puis on s'est réconcilié sur l'oreiller.

En septembre, de retour à Paris, quartiers pris à l'*Hôtel Saint James*, on retombe dans nos plans de drogue. C'est le moment où ma mère trouve chez elle le dossier pré-marital qu'on avait rempli quand nous vivions à ses côtés. Elle découvre que nous avons pris notre décision sans son consentement et que nous n'avons prévu aucun contrat de mariage. Au téléphone, elle me pourrit littéralement. L'électrochoc produit tout de même son petit effet. On renonce définitivement à tout approvisionnement illicite. On remplit une nouvelle demande administrative de mariage. On change d'hôtel. Direction *Le Marriott*.

Quinze jours plus tard, un véritable guet-apens familial se termine par une séquestration chez mon père, à Deauville, où j'apprends, sans qu'il le sache, que je suis enceinte. Cela me donne un moral d'acier mais repousse à nouveau les dates de nos noces. Faute de mieux, nous nous offrons une soirée de fiançailles. L'occasion idéale pour les paparazzi de faire incursion dans nos vies. L'argent que nous rapporte le procès fait aux magazines qui ont publié ces photos tombe à point nommé et nous renseigne sur la valeur de notre image.

Zoltan est âgé de six mois quand nous rencontrons le photographe Daniel Angeli qui nous explique que son agence peut nous organiser un grand mariage sans que nous ayons un sou à sortir. Il suffit pour cela de lui confier l'exclusivité du reportage photographique. Nous acceptons d'autant plus volontiers que notre relation avec notre famille ne s'est pas améliorée et que nous avons besoin d'un statut social. Et puis j'ai envie de porter le même nom que mes deux amours. Comme Alexandre et Zoltan, je veux m'appeler Sarah-Jane Btesh.

L'opération semble en effet bien montée. La fête aura lieu à Cannes où Daniel Angeli connaît bien les patrons de l'*Hôtel Martinez* qui nous accueillera, nous et nos invités. Parallèlement, un accord est passé avec une compagnie aérienne. Nous lançons donc nos cartons d'invitation mais, aussitôt connue la liste de leurs récipiendaires, nous apprenons que l'agence photo a l'intention de la vendre à la presse ainsi que tous les détails de la cérémonie. La mort dans l'âme et la rage au cœur, nous renonçons donc au projet.

Mais le désir de se marier est devenu obsédant. Quelques semaines plus tard nous passons donc un nouvel accord avec une autre agence et nous nous fixons des délais si courts qu'il ne nous sera plus possible de faire machine arrière. Suivis par les caméras de *Zone Interdite*, nous nous marions enfin le 28 février 2003 !

Le matin des noces, je me réveille de mauvaise humeur et passablement énervée. Nous sommes déjà en retard au rendez-vous pris chez le joaillier pour la remise des alliances que doit filmer la télé et que doit shooter Jacques Beneich, un très grand photographe. Alexandre semble plus préoccupé par le nombre de pétards dont nous disposerons le soir venu que par les mille et un détails qui restent à régler. Plusieurs paparazzi peu discrets nous guettent déjà devant chez nous. Bref, la journée commence mal. En fait, j'ai peur que quelque chose ne déraille, que la réalité ne ressemble pas à mes rêves. Je voudrais être sûre que tout va bien se passer mais les deux années qu'on vient de traverser ont érodé mes certitudes.

Au bout du compte, tout va s'enchaîner tellement vite que je n'aurai plus le temps de cogiter. Sauf pendant quelques dixièmes de secondes, au moment de dire « oui ». Alex, mon toujours imprévisible amour, ne serait-il pas foutu de choisir le « non » à l'ultime instant ? Il choisit le « oui » d'une voix forte et tranchante. J'entends distinctement mon cerveau lui répondre « ouf » en écho !

Pour ce moment crucial, j'ai pris Zoltan dans mes bras. J'avais besoin de cette osmose. Tout au long du discours préalable du maire, Patrick Balkany, qui s'était félicité de marier la fille et le fils de deux de ses meilleurs amis, j'avais senti mon bébé s'agiter derrière moi. Je savais que ma belle-mère s'en occupait au mieux mais je voulais le sentir là, contre mon ventre. Comme s'il pouvait naître une seconde fois. Comme s'il n'était pas concevable que je verse sans lui ma deuxième larme d'émotion. La première avait coulé quelques secondes plus tôt, au moment précis de l'échange des alliances.

L'agence Alamo nous avait réservé une suite à l'*Hôtel Bristol*. Pendant le cocktail qui suivit la cérémonie, nous n'avions plus qu'une idée en tête : nous y rendre le plus rapidement possible, une coupe de champagne dans une poche, un petit joint dans l'autre, et nous y aimer comme des fous. Mais rien ne se passa comme prévu !

D'abord il y eut notre départ de la mairie. À croire que tous les paparazzi de la planète s'étaient donné rendez-vous à Levallois-Perret. Ils se plaquaient comme des mouches sur le pare-brise et les vitres de la voiture. Malgré la détermination des flics qui nous escortaient, Alex commençait à paniquer. Je paranoïais un peu moins, mais je me sentais éreintée. Ensuite, arrivés à l'hôtel, Alex m'a appris qu'il n'y avait plus rien à fumer, qu'il avait déjà tout consommé pour évacuer le stress. La fatigue aidant, on s'est mis à s'engueuler comme jamais. On a fini par se balancer nos alliances à la figure et on aurait carrément pu se battre s'il n'avait eu la bonne idée d'ouvrir la porte de la chambre et de me pousser dans le couloir. Seul problème : j'étais entièrement à poil !

Calmée avant lui, j'ai ensuite tout tenté pour qu'on se fabrique enfin une nuit de noces. J'ai fait couler un grand bain moussant et parfumé. J'ai changé trois fois de nuisette. Rien n'y a fait. À l'aube, il s'est assoupi en pleine tristesse. Je me suis endormie en pleurnichant.

Pourtant, le lendemain midi, quand nous sommes retournés chez nous, nous étions gais comme des pinsons, foncièrement heureux de se sentir mariés. C'est clair, il y a un truc en plus, un truc pas pareil dès lors qu'on s'est dit « oui » !

2. ALEX – LE MARIAGE

« Se marier sur un mensonge ne leur portera pas bonheur »...

Voilà ce que j'ai lu un matin dans *France-Soir* et qui venait directement de la bouche de mon père. J'en suis resté sur le cul. L'hôpital qui se foutait de la charité. Le père modèle qui veut faire genre « je sais beaucoup de choses » alors qu'il ne connaît strictement rien de notre vie et qu'on ne lui a jamais laissé espérer que cela s'arrangerait un jour. C'est horrible à dire mais mon indifférence à son égard est définitivement scellée !

Le mariage, à cause de lui, je ne voulais pas en entendre parler. Pourtant, le jour où Sarah me l'a demandé, cela m'a terriblement flatté. On vivait alors chez sa mère. C'est peut-être pour cela qu'elle m'a murmuré sa sollicitation. Je n'y ai pas répondu tout de suite, bottant en touche avec je ne sais plus quelle vanne. Dans ma tête, outre les cicatrices laissées par les déchirements de mes parents, j'étais persuadé que cette institution s'adaptait encore moins à un couple médiatique.

« Ta carrière, voilà ta vraie femme. Tu aurais dû me prévenir avant ! »

« Cette tasse à café m'appartient ; la Mercedes, pas question que tu la prennes ; tes enfants, tu ne t'en es servi que pour les photos »...

Ce genre de phrases, je ne voulais pas les entendre, je n'avais pas envie de prendre de risques. Je ne voulais pas rentrer là-dedans. Et puis, peu à peu, l'idée a fait son nid. Mais sans contrat de mariage, au grand dam de nos familles respectives. Le problème, c'est qu'on n'avait pas un rond. Alors, ma mère nous a branchés avec une agence de photos, celle de Daniel Angeli, le photographe de Johnny Hallyday, habituée à faire des deals financiers avec les artistes.

Mon père vivant à Cannes et une grande partie de la famille de Sarah, dont, évidemment, sa grand-mère, résidant souvent à Saint-Tropez, on a d'abord envisagé de convoler du côté de la

Croisette. On a donc passé des accords avec l'*Hôtel Martinez* et j'ai demandé à mon père une attestation de domicile chez lui, papier indispensable pour se marier là-bas. La seule chose que je lui demandais en vingt-huit ans. Eh bien cela l'a dérangé. Il a préféré prendre la tête du maire pour qu'il me trouve quelqu'un acceptant de passer pour mon logeur.

Et puis j'ai appris au dernier moment qu'il avait balancé l'information et la liste de nos invités venir à des journaux. J'ai eu tellement les boules que j'ai tout annulé.

Heureusement, on a rapidement trouvé une autre agence par l'intermédiaire d'un vieux copain qui occupe un poste important chez le couturier Jean-Claude Jitrois dont Sarah a longtemps été l'égérie. La boîte s'appelait Alamo et ce qui nous a séduits, c'est qu'elle ne se contentait pas de monter des coups-photos mais gérait totalement l'image de ses artistes en produisant à la fois des textes et des clichés les concernant. Du coup, on a tout remonté ailleurs en trois jours avec, en prime, le tournage d'une émission de télé. Un *Zone*

Interdite consacré à des mariages pas comme les autres.

On a choisi Levallois-Perret parce qu'on connaissait depuis longtemps Patrick Balkany qui est un vieil ami de nos deux familles. Et puis plusieurs partenaires nous ont permis de faire contre mauvaise fortune, à la fois bon cœur et belle cérémonie. John Preston nous a habillés, Cesare Pacciotti nous a chaussés, Lachaume nous a fleuris, Alexandre Zouari nous a coiffés et, histoire de révéler tous les « dessous » de l'affaire, Christian Dior a fourni sa lingerie à Sarah.

Côté invités, nous avons commencé par renoncer à mon père. Sachant qu'en privé il se déclarait hostile à cette union, nous n'avions pas envie qu'il vienne faire sa pub devant deux caméras de télévision sur le dos de notre amour. Le reste de la famille, exceptée ma mère, mon frère aîné et le petit frère de Sarah, a suivi. Le jour « J », on a tout de même téléphoné à Michèle Morgan, mais elle avait rendez-vous chez le coiffeur ! Finalement, seuls quelques amis fidèles nous ont entourés. Parmi eux, une dizaine de têtes célèbres dont celles d'Anémone, Séverine Ferrer, Amanda Lear, Galia, Vincent Mc Doom, Bernard Montiel, Jean-Claude Jitrois, Alexandre Zouari. Et puis, nos témoins, au nombre de trois : mon frère Xavier, mon meilleur ami depuis quinze ans, David Collet et mon couturier John Preston et Clémence, la meilleure amie de Sarah.

À l'arrivée à la mairie, bien que nous n'ayons, la chose est rarissime, pas fait publier de bans, une kyrielle de paparazzi faisait le guet. Il a fallu entrer par une porte dérobée. Mais, dans le hall, Patrick Balkany semblait mal comprendre pourquoi nous nous refusions à la meute des photographes d'agence. Son discours a pourtant été sympathique et émouvant. Il nous a même offert un cadeau : un joli service à thé.

Petits fours et pièce montée dévorés, la pire épreuve de la journée nous attendait. Les paparazzi se sont multipliés comme des petits pains. Escortés par le G.I.P.N.[1] qui planquait nos têtes sous des blousons, Sarah et moi sommes passés par le couloir souterrain de la mairie, avons émergé sous les flashes dans un indescriptible brouhaha

1. Groupe d'intervention de la police nationale.

et nous sommes retrouvés propulsés dans notre voiture. J'avoue que j'ai un peu paniqué. On ne devient pas Madonna en une minute !!!

À l'*Hôtel Bristol* qui avait gracieusement mis une suite magnifique à notre disposition, nous sommes arrivés tellement épuisés que notre nuit de noces s'est transformée en une engueulade de plusieurs heures. Le tournage de *Zone Interdite* nous avait, il est vrai, pas mal pourri l'ambiance. Avec des micros branchés en permanence, difficile de convoler en toute légèreté. Glisser deux mots coquins ou hyper romantiques dans l'oreille de sa femme, se lâcher avec ses potes, tout cela ne se pratique pas naturellement lorsque l'œil d'une caméra ne cligne pas une seule fois de la paupière en trois jours ! Pourtant, à part la location d'une voiture convenable, il n'y avait aucune récompense au programme. Je ne regrette rien parce que, au bout du compte, le reportage était splendide mais, par moments, la production aurait dû lâcher du leste.

Ce 28 février 2003 restera tout de même gravé dans nos cœurs même si l'absence de toute cérémonie religieuse nous a frustrés. Impossible, malheureusement, de récupérer la Ketuba, le certificat de mariage de mes parents, feu vert indispensable pour la synagogue. Mon père comme ma mère n'ont jamais réussi à remettre la main dessus. Depuis presque un an nous harcelons le grand rabbin Sitruk pour qu'il nous dispense de ce document !

IX. L'argent

« La fortune du pot »

1. SARAH – L'ARGENT

Certains matins, je me demande encore comment j'ai pu dépenser autant d'argent en si peu de temps. Bien sûr, je n'ai jamais capitalisé lourd mais, pendant des années, j'ai tout de même gagné beaucoup. En fait, d'aussi longtemps que je m'en souvienne, on a dans ma famille toujours vécu avec un train de vie supérieur à nos réels moyens. Maman voulait que nous ne manquions de rien, que nous profitions des meilleures choses. Alors elle se débrouillait quitte à ce que nous participions aux frais selon nos besoins et nos revenus du moment. J'ai pas mal contribué au quotidien et j'en suis plutôt fière. Quatre-vingt-dix pour cent des gains de mes premières années de mannequinat ont été bloqués à la Caisse des dépôts mais je touchais heureusement quelques enveloppes. Bref, à l'arrivée, pour mes 16 ans, le pactole ne fut pas énorme.

Quand j'ai pu en disposer, je me suis offert une veste de fourrure en renard. C'était ma première folie. Je ne suis pas certaine d'en avoir commises d'autres. En fait, je ne supporte pas de démontrer un luxe que je ne peux pas m'offrir. Sauf, évidemment, si je suis payée pour cela. Les bijoux qu'on m'a offerts, par exemple, je ne les ai jamais portés. Les vêtements de grande valeur non plus. J'en avais pour plus de vingt briques lorsque je les ai vendus… le tiers de leur prix !

De toute façon, je n'ai jamais eu vraiment envie de me faire plaisir. La plus grosse dépense que j'ai faite c'est pour mes cours de première et de terminale, chez Hattemer, rue de Londres. Chirac et beaucoup d'autres gens devenus très célèbres ont étudié là. Cela m'a coûté plus de 60.000 francs pour deux ans. Mais c'est le seul endroit où je pouvais rester inscrite malgré de nombreuses absences. Pendant des années, d'abord parce qu'une vie haut de gamme y coûtait dix fois moins cher qu'en France, ensuite parce que maman a fini par y rencontrer quelqu'un qui lui plaisait, nous avons vécu le plus clair de notre temps en Thaïlande. Je n'en revenais que pour des boulots importants et pour y préparer et passer mes examens.

Le plus spectaculaire de ces boulots, enfin le plus rentable, aura bizarrement été le plus bref. Cent mille francs pour un quart d'heure de photos à l'occasion du lancement des Barbie joaillerie par Fred joaillier. Mais, en général, à l'exception de quelques tops, les mannequins gagnent moins d'argent qu'on ne le pense. D'abord parce qu'ils défilent souvent au tarif syndical qui est de l'ordre de mille euros, ensuite parce que les cachets sont systématiquement amputés de 10 % pour les impôts retenus à la base, de 20 % pour l'agence et de 47 % pour les charges sociales.

2. ALEX – L'ARGENT

Dans l'esprit de beaucoup de gens nous sommes non seulement des enfants de stars mais aussi de l'argent. Quand on leur dit jet-setters, ils pensent qu'on leur a tout dit et surtout qu'ils ont tout compris. Mais, jet-setter, cela ne veut rien dire. Moi, je suis simplement un panneau publicitaire pour de grandes marques que je représente dans certaines soirées en portant leurs vêtements ou leurs bijoux. Je suis surtout un musicien qui chante, qui compose et qui, en attendant de percer, gagne sa vie comme il peut en faisant le beau avec ce qu'on appelle effectivement la jet-set. Quant à Sarah, ses preuves ne sont plus à faire en tant que mannequin et ses débuts d'actrice se sont avérés plus que prometteurs.

L'argent, j'ai toujours entretenu avec lui un rapport très étrange. Je le déteste et l'adore à la fois. Ma famille s'est déchirée à cause de lui. Pensions, héritages, etc... Je l'ai donc considéré très vite comme néfaste. Mais j'ai aussi été habitué à vivre dans le luxe et on réalise rapidement, dès qu'on

Alexandre à genoux devant la belle Sarah.

Sarah mannequin prend la pose.

1- Alexandre enfant sous le regard de sa maman Sabine.

2- Sarah bébé fait ses premiers pas.

3- Alexandre dans les bras de son père Richard Anthony.

1- Grand moment : le choix des alliances.

2- Sarah joyeuse : elle se marie !

Les jeunes mariés sourient à la vie.

Le beau regard de Sarah, héritage de sa grand-mère Michèle Morgan.

Zoltan dans les bras de sa maman le jour du mariage de Sarah et d'Alexandre.

Zoltan sur les genoux de sa grand-mère Sabine.

entend faire son chemin tout seul, que cela coûte cher. Encore que !

Mon enfance, côté fric et au sens propre du terme, à moins que ce ne soit au sens sale, c'était la vie de château. On habitait le château du Ru, près de Coulommiers en Seine et Marne. Il y avait des voitures de sport plein le parc et des grands crus millésimés dans les caves. Mon père pensait à tort que tout pouvait s'acheter et pendant longtemps je l'ai cru. Quand je me pointais dans une boulangerie avec, pour acheter des bonbons, un billet de cinq cents balles en main, je trouvais cela normal.

Et puis il y a eu le divorce. On s'est retrouvé sans un rond. Je n'ai pas pu le supporter et j'ai commencé à déconner. J'ai découvert qu'il y avait deux sortes d'argent. Celui qu'on gagne et celui qui tombe du ciel, pour ne pas dire de l'enfer. C'est celui-là que j'ai su, rapidement, amasser à la pelle. Je me souviens d'un jour où, à la sortie du cours d'Alice Dona, maman m'a téléphoné pour me demander de passer la voir à Boulogne. Je vivais alors chez une copine et la prévins de ne pas m'attendre.

Je découvre ma mère le moral dans les souliers. Elle m'explique qu'elle n'a plus les moyens de régler son loyer –mon père ne lui payait pas la pension – et s'excuse de ne pas pouvoir mieux m'aider à faire ma vie. Je me sens blêmir. Dans ma poche, j'ai des liasses de gros billets. Mais je ne peux pas le lui dire. Leur provenance est plus que douteuse et je n'ai jamais supporté qu'elle ne me prenne pas pour un mec bien. Alors, ce fric, je le claque n'importe comment. Je régale mes potes et je frime un peu devant les nanas que j'entraîne dans des suites somptueuses. Évidemment, je n'ose pas en placer une miette.

Curieusement, dès que mes premiers cachets licites et officiels rémunèrent mes prestations de mannequin soit pour des défilés, soit pour des pubs comme celle d'une eau minérale mexicaine, je me livre moins à cette consommation anarchique. Je m'offre bien quelques montres de valeur, ma petite folie, et des fringues sympas mais rien de plus. L'hémorragie ne reprendra qu'avec Sarah. Essentiellement pour les hôtels et la défonce.

Si nous avions conservé nos jobs et placé ce qui partait en fumée, je pense qu'on serait à la tête d'un magot d'au moins trois cent mille euros ! Au lieu de cela, nous nous retrouvons aujourd'hui passablement endettés et il nous est déjà arrivé de nous retrouver sans un rond pour nous acheter à bouffer, sans un toit pour dormir!

Heureusement, l'avenir s'éclaire à nouveau. Les employeurs potentiels nous refont des signes et, depuis la naissance de Zoltan, nous avons appris à gérer un budget. Je n'en suis donc pas encore à acheter des billets de loto pour nous construire un avenir. Cela dit, si je changeais d'avis et que je gagnais le gros lot, je m'achèterais un gros bateau, une sorte de « cigarette » améliorée, équipée de plusieurs chambres. J'y mettrais ma femme, mon fils -nos mères si elles le souhaitent – et je lèverais les amarres.

X. L'enfant

« Zoltan-Abraham »

1. SARAH – L'ENFANT

La naissance de Zoltan a coïncidé avec celle de nos plus dures épreuves. Pourtant, c'est aussi le plus grand bonheur qui ne nous soit jamais arrivé.

Zoltan, l'enfant le plus désiré du monde. Zoltan-Abraham, en vérité. Selon les prénoms de mon arrière-grand-père hongrois et du père d'Alexandre qui, pour l'état civil, s'appelle Ibrahim Btesh.

Ce bébé, nous l'avons conçu le 9 octobre 2001. Ce jour-là, qui correspond à la fête des Sarah mais aussi à l'anniversaire de la naissance de mon arrière-grand-mère, je suis allée sur sa tombe, en compagnie d'Alexandre, et j'y ai disposé deux très jeunes plantes. Celle de droite symbolisait ma vie avec Alex, notre futur, et la naissance d'un éventuel enfant. Celle de gauche, ma famille. Et bien, lorsque je suis retournée au cimetière six mois plus tard, très précisément le 4 avril, jour de l'anniversaire du décès de cette arrière-grand-mère adorée, la plante de gauche avait dépéri tandis que celle de droite s'était somptueusement épanouie. Mais, plus extraordinaire, j'étais enceinte d'un enfant que nous avions conçu le 9 octobre, le jour de la plantation. Impossible de se tromper puisque la semaine précédente je n'avais pas fait l'amour et, les suivantes, ma famille m'avait tenue de force à l'écart d'Alexandre.

J'ai su très vite que j'étais enceinte. Au lendemain d'un drame familial particulièrement « musclé », j'ai dit au psychiatre qu'on m'avait obligée à consulter : « Docteur, depuis deux jours, je me suis mise à parler à mon corps. Je pense qu'il s'y passe quelque chose mais, je vous en prie, ne me prescrivez aucun médicament ».

Tout de suite après, on m'a emmenée chez mon père, à Deauville. Me jugeant amaigrie – je souffrais de crises de tétanie qui me faisaient perdre deux kilos – et nauséeuse, il m'a conduite chez un gynécologue très sympa, dont j'ai heureusement pu me faire un complice. Je lui ai demandé de garder le secret, si les tests de grossesse auxquels il souhaitait me soumettre s'avéraient positifs. Ce fut le cas et il sut se taire.

Dès que ma grossesse prit quelques formes, je fus follement heureuse. Je n'arrêtais pas de parler à Zoltan. Je commentais ses mouvements. J'inventais des jeux pour lui. Je tentais de rester en osmose et en communication permanentes avec lui. Pour la première fois de ma vie, je me fichais de grossir. Je me trouvais de moins en moins jolie mais je trouvais de plus en plus joli ce que j'étais en train de faire !

J'ai accouché par césarienne. On avait prévu une péridurale mais je souffre d'un écrasement de deux vertèbres qui a rendu impossible cette anesthésie locale. Du coup, je n'ai pu voir mon bébé que deux secondes. Juste le temps de m'émouvoir et de m'inquiéter de la responsabilité nouvelle qui m'incombait. Un quart d'heure avant sa naissance, un enfant peut vivre, se mouvoir, se nourrir tout seul. Une minute après, il meurt si on ne lui vient pas en aide. À vingt et un ans, prendre brutalement conscience que la vie d'un petit être va dépendre de soi, cela fait réfléchir.

Trois heures plus tard, ils me ramènent le bébé. C'est Alex qui le prend le premier dans ses bras. Je suis aux anges. Puis il le dépose à mes côtés. J'ai le cœur qui bat la chamade. Il le trouve trop mignon. Je le couvre de baisers. Il ouvre les yeux. Je sens qu'il a besoin d'océans d'amour. Je le câline à n'en plus finir. C'est donc si simple, le bonheur ?

Une fois rentrés à la maison, tout se passe pour le mieux. Zoltan est le bébé parfait, celui que tout le monde rêve d'avoir. Éveillé, calme, très vite souriant. Alex et moi nous partageons les tâches avec complicité et efficacité. Il assure les biberons, les câlins et les changements de couches de nuit. Moi, ceux du jour. Les cinq premiers mois se déroulent à merveille. Petit à petit, pourtant, une sorte de déprime s'empare de moi. Pas question, physiquement, de défiler ou de faire des photos et mon agent de cinéma ne m'appelle pas. Aucune aide sociale. L'argent devient rare. Alex, de son côté se fait escroquer par une productrice. Son disque est terminé mais elle ne le distribue pas, sans pour autant accepter de lui rendre son contrat. Pour survivre on commence par vendre nos fringues au troc. Puis nos meubles. Un jour, des amis viennent nous voir à la maison avec de la drogue plein les poches. En huit jours on retombe dedans complètement, ce qui ravive tous mes troubles psychologiques.

La journée, on parvient tant bien que mal à donner le change, à s'occuper correctement de notre petit poussin. Mais la nuit, tout bascule. Et comme on se sent forcément coupables, les disputes se multiplient. On se déchire dans tous les sens du terme. Nos familles s'en rendent évidemment compte mais, en ce qui concerne la paix des ménages, ce ne sont pas des modèles du genre. Ma mère ne cesse de me répéter qu'elle m'avait prévenue. Celle d'Alexandre me fait constamment comprendre que je suis une maman inapte. Mon père brille par son absence et celui d'Alex n'a pas eu besoin de plus d'une rencontre avec son petit-fils pour nous démontrer sa fiabilité de grand-père.

Une rencontre unique qui se déroule à Monaco pendant le grand prix de F1. À l'issue d'un déjeuner au cours duquel il a dû prendre Zoltan sur ses genoux pendant, au moins, une dizaine de secondes et déclarer qu'il le trouvait « gentil », la seule chose qu'il a demandée à son fils, c'est s'il avait un bon « plan » pour lui ! Et quand Alex a quitté la table quelques minutes pour se rendre aux toilettes, ce cher beau-père m'a dit à peu près : « Alors, comment ça va, vous deux ? Ce ne doit pas être évident de vivre avec un mec comme Alex ? Je te trouve de plus en plus mignonne, toi. Je ne comprends pas comment tu trouves assez de patience pour rester avec mon fils » !

Le 12 décembre, dans l'appartement du boulevard Flandrin, où nous vivons désormais à la spartiate, une dispute particulièrement retentissante tourne au délire. Des voisins alertent Sabine Anthony par téléphone. Elle débarque escortée par la police qui procède aussitôt à nos interpellations. Elle récupère Zoltan et s'en fait attribuer la garde par la justice.

Sans Zoltan à la maison, je dépéris. Mais il va falloir près d'un mois pour que le juge délivre une ordonnance qui nous soit favorable. Il me faudra à peu près le même temps pour que notre relation retrouve toutes ses marques. Il a changé. Je le trouve moins proche de moi. Chaque jour, heureusement, il reprend un peu plus confiance.

Nous, on est clean. J'en profite pour normaliser ma vie. Comme toutes les mamans, je joue avec mon fils, je le promène au jardin, je fais les courses au supermarché. C'est à ce moment qu'on décide de se marier quels que soient les obstacles à surmonter. Ce sera chose faite deux mois plus tard.

Ensuite, tant bien que mal, nous deviendrons une vraie famille. Pas la plus stable du monde, c'est sûr. Mais pas non plus la moins aimante. Une famille en route vers le bonheur. Du moins jusqu'au drame.

2. ALEX – L'ENFANT

Lorsque nous habitions Neuilly, après notre retour des États-Unis et avant de s'installer avenue d'Eylau, mon frère et moi allions souvent faire les quatre cents coups au jardin d'Acclimatation. Je me souviens qu'un jour nous étions carrément descendus dans l'enclos des ours. Depuis, ils ont mis des protections supplémentaires.

Je repense à tout cela en promenant Zoltan au même endroit. C'est un petit garçon qui communique à sa manière. Avec moi, il peut gazouiller pendant une heure. Avec d'autres, il lui arrive de garder un silence impressionnant. Il s'est construit son univers. Comme pour se protéger des tourbillons de toutes sortes qui ont accompagné sa découverte du monde. Il préfère observer que se signale, regarder qu'interpeller. Et si quelqu'un lui plaît, il lui ouvre les bras !

Au jardin d'Acclimatation, le secteur forain ne le séduit pas plus que cela. Les stands de jouets non plus. Ce qui le fascine, ce sont les animaux. On peut rester tous les deux un bon quart d'heure devant une poule ou un mouton. Et ne parlons pas d'un ours lové dans une des cavités de son rocher qu'il ne pourra quitter sans un sanglot.

Je l'incite tout de même à faire un tour de manège. Il choisit une voiture indescriptible mais rutilante dans laquelle il décide de s'asseoir à même le sol. Comme je crains qu'il se cogne contre le volant, je reste à ses côtés, sur le plateau mobile, et je le maintiens en arrière d'une main ferme. Le tour fini, il en réclame un second mais n'accepte de tester aucun autre véhicule.

On repart donc avec sa voiture rouge mais au bout de quelques secondes, il tente de se lever pour en descendre. Je ne parviens pas à contrarier son projet et je le hisse dans mes bras. Le manège tourne trop vite pour que j'esquisse une sortie. La situation semble lui plaire puisqu'il se met à me serrer très fort tout en souriant aux anges.

À cet instant, moi-même sur un petit nuage, je réalise que le temps tourne, lui aussi, un peu comme un manège et combien sont précieux de tels moments de tendresse.

Je réalise aussi que ce soir, faute de disposer d'un appartement, je vais encore devoir laisser ce petit bout d'amour chez sa grand-mère. Alors, comme un vrai môme, haussant un peu le front pour qu'il ne s'aperçoive de rien, je me mets à chialer.

Un môme, c'est souvent ce que je redeviens lorsque nous jouons à tout et à rien pendant des heures. Cela me manque trop. J'en ai marre de ne plus pouvoir entrouvrir, la nuit, la porte de sa chambre afin d'écouter son souffle aussi apaisant que le ronronnement d'un chaton.

Sarah et moi, nous avons été élevés ensemble, tout petits, sans particulièrement nous aimer. Nous partagions pourtant une sorte de vertige. Une sensation de vide sans doute généré par l'absence de nos pères.

Viscéralement attachés à nos mères avec qui nous entretenons des relations passionnelles, parfois tumultueuses, nous avons hérité d'elles ce sens aigu du clan qui les a animées pour pallier nos carences affectives.

Aujourd'hui, nous avons décidé d'exorciser tous nos démons. Nous y parviendrons parce qu'il existe un petit ange qui le mérite. Il a besoin de nous, autant que nous de lui. Les galères, c'est sans doute lui qui en a le plus souffert. Cela ne peut plus se reproduire !

Le 18 février dernier la justice a tranché. Après l'étude des résultats de nos tests psychologiques comme de ceux de Zoltan, après le bilan de nos analyses de sang, après les rapports approfondis sur notre comportement comme celui de notre fils, elle a décidé de nous restituer sans délai la garde pleine et entière de notre enfant.

C'était le plus évident des jugements de la terre mais il nous a tout de même transportés de bonheur. Pas seulement parce qu'il faisait de nous des amants victorieux. Plus précisément parce qu'il permettait à Zoltan de choisir son destin.

C'est surtout lui que les « psy » ont regardé au microscope, c'est lui que les assistantes sociales ont observé au quotidien.

Tous ont noté son enthousiasme dès qu'il nous voit, consigné ses larmes dès qu'il nous quitte.

Jamais entre mon fils et moi il n'y a eu, si j'ose dire, un mot plus haut que l'autre. Jamais entre sa mère et lui, il n'y a eu une once de rejet ou d'errance.

L'entente est parfaite entre lui et nous. Bien sûr, nous ne faisons rien comme les autres mais la normalité est-elle devenue le seul gage de la félicité ?

Quand Zoltan aura grandi, nous lui expliquerons qu'un jour nous avons écrit un livre pour lui, afin qu'il sache nos vérités quoi qu'en diront nos détracteurs. Nous lui raconterons surtout que ce livre, tout comme le procès sont à l'origine de nos grandes retrouvailles.

XI. La dérive

« ON APPELLE CELA LE PETIT MAL »

1. SARAH – LA DÉRIVE

Le petit mal. C'est ainsi qu'on nomme le trouble dont je souffre depuis déjà de longues années. Je souffre aussi de schizophrénie, mais *border line* ! Une incroyable dualité de personnages : une fille qui gueule, l'autre qui ne bronche pas. La bonne petite fille bien sage de chez maman et puis celle qui peut se mettre à hurler parce qu'on a déplacé un verre de trois centimètres ! Je me sais malade depuis que je suis toute petite. J'ai fait ma première crise quand mon petit frère, David, avait à peine trois ans et demi. Il en a été victime et je ne me le suis toujours pas pardonné. Tout le monde a pensé que j'avais décidément un sacré caractère. En fait c'était seulement l'autre partie de moi qui m'avait échappé pour la première fois.

Depuis, je sens qu'il y a toujours en moi une autre gonzesse qui se détruit en permanence. La drogue n'a, évidemment, rien arrangé. Quand j'étais défoncée j'ai failli devenir définitivement cette autre fille. Je n'ai jamais bu d'alcool, mais les pétards et la coke m'ont, je le reconnais, littéralement scotchée. J'ai cru y trouver un refuge alors que il ne s'agissait que d'une fuite. « Cocaine-guillotine », voilà une rime que j'ai conçu à mes dépens. C'est vrai qu'avant de connaître Alex j'ignorais à peu près tout des stupéfiants ; je peux donc concevoir que tous les proches l'aient jugé coupable de ma dérive. Mais ils se sont trompés. Jamais il ne m'a incité à consommer.

Le baby blues, voilà le vrai déclic. Après une première phase que j'appellerais « initiatique », j'ai réellement recommencé à me droguer pour tenter de sortir de cette dépression post-natale qui contrariait mon hyperactivité chronique et qui était aggravée par le manque d'argent et les incessantes oppositions familiales. Ces conflits prenaient d'ailleurs souvent la drogue pour prétexte. À tort. Chaque fois, pratiquement, qu'ils ont éclaté, j'étais en période d'abstinence.

Le pire a eu lieu le 11 octobre 2001. La presse avait publié quelque temps plus tôt des photos « paparazziées » de nos fiançailles et, ainsi prévenues de notre détermination, nos familles s'étaient liguées pour entraver nos projets. Ce jour-là, j'arrive rue de Rivoli dans le show-room que Jitrois, mon employeur principal, avait installé en dessous de son appartement, et, à peine la porte franchie, Jean-Claude me gifle violemment.

J'accuse le coup, à la fois sidérée et meurtrie, prête à me jeter sur lui, quand, relevant la tête, j'aperçois derrière lui, au milieu de la pièce, tout un groupe de gens. Et là, j'hallucine. Je discerne au milieu de tout le staff Jitrois, ma mère, mon frère et quelques inconnus qui se sont ensuite avéré être les copains de ce dernier. À peine ai-je le temps d'esquisser un geste qu'ils se ruent vers moi en m'apostrophant, m'arrachent et jettent mon téléphone portable qui finit sa course au fond d'un vase, puis me foutent tous ensemble une volée mémorable. De coups, bien sûr, mais aussi d'insultes. Je perds pied très vite. Je me débats, j'ai l'impression que je deviens folle, je ne sais plus si je suis dans *Rosemary's baby* ou dans l'*Exorciste*.

Pendant ce temps-là, Alex débarque. Il entend des cris, panique, sonne et tambourine à la porte qu'on refuse de lui ouvrir, finit par la défoncer ! Malheureusement, tandis que des voisins appellent la police, il se trompe d'étage. C'est le branle-bas de combat dans l'immeuble. Alerté de l'arrivée imminente des forces de l'ordre, il préfère battre en retraite. Moi, au contraire, je les vois surgir avec soulagement et me réfugie auprès d'eux. « Emmenez-moi au poste, je vous en supplie, ils vont me tuer. » Incontrôlable et terrorisée, j'en fais évidemment un peu trop. Le « Regardez ses pupilles dilatées et vous allez tout comprendre » renforce l'incrédulité des flics à mon égard. Ils s'estiment en face d'une histoire de famille qui ne les concerne pas et rebroussent chemin.

Je me sens soudain très abattue. Le coup des « pupilles » m'a assommée. Tous les schizos ont ça quand ils sont en crise. Provisoirement je n'ai plus qu'à me résigner. Je les écoute sans voix me bassiner pendant encore une demi-heure qu'Alexandre est un voyou prêt à tout, qu'il m'a entraîné dans la drogue et finira en prison, que je gâche toute ma vie. Puis mon père me flanque dans sa voiture : direction Deauville, *via* le labo d'analyses toxicologiques et la visite chez un psychiatre. Je pleure doucement, recroquevillée à l'arrière de la voiture comme un animal blessé. Je pense à Alex. Le lendemain matin nous devions partir en Corse !

Les premiers jours, en Normandie, papa fait tout pour me donner l'illusion que je suis libre. Visite chez le gynéco, promenades sur la plage, petits plats gourmands... J'en déduis presque qu'il m'a fallu attendre d'avoir vingt ans pour découvrir que j'ai un père. Mais il m'entend converser au téléphone et, peu à peu, la prétendue récréation se transforme en détention. Il m'interdit de sortir seule, d'aller sur la terrasse, de téléphoner à mon mec. Pourtant, au bout de quelques jours, les résultats des analyses toxicologiques arrivent. Ils sont tous négatifs. Je n'en reviens pas moi-même !

Papa tente alors de me réhabiliter aux yeux de toute la famille, mais on lui répond que ces résultats ne prouvent rien, que tôt ou tard je vais faire une crise et qu'il faut qu'il poursuive son observation. Du coup, de retour à Paris, il me consigne dans une chambre de son appartement. Alex, lui, vient de rentrer du Mexique où il était parti, désespéré de ne plus avoir de mes nouvelles. Il habite à quelques centaines de mètres de chez mon père mais nous ne le savons ni l'un ni l'autre !

Le jour où nous nous revoyons, il trouve que j'ai grossi mais que cela me va bien. Quarante-huit heures plus tard nous obtenons la confirmation officielle de ma grossesse et il fond littéralement.

L'accouchement et les premiers mois de vie de Zoltan passés, nous recommençons à nous droguer. Le 6 Décembre 2002, complètement raide, je me prends une porte en pleine figure et je passe deux jours à l'hôpital où on juge mon état affligeant.

C'est vrai que je ne mange plus et que la consommation de stupéfiants aggrave mes faiblesses psychologiques. Le constat des médecins me fragilise un peu plus encore. Quatre jours après la sortie de l'hôpital, lors d'une soirée à la maison avec des amis particulièrement atteints, je sors de la cuisine et je me statufie devant le spectacle qui m'apparaît. Un salon en bordel, un nuage de fumée et trois avachis aux yeux révulsés. La nausée m'envahit : je me rue sur Alex, je le secoue un peu et je lui transmets mon malaise. Je l'implore de nous sortir de là, de prendre le bébé et d'aller s'oxygéner dans un hôtel clean. Il accepte.

Mais, dans la voiture, les querelles reprennent le dessus. Je l'insulte parce qu'il roule trop vite. Je hurle qu'avec le petit à l'arrière, il se comporte comme un irresponsable. Du coup il fait exprès d'avancer à deux à l'heure. Je m'énerve un peu plus encore. Il crie à son tour « y' en a marre » et pile net sur le pont Alexandre III. C'en est trop. J'explose. Je me jette par la portière juste au moment où il redémarre et je fonce vers le parapet bien décidée à me jeter dans le vide. Il me rattrape au dernier moment et me gifle suffisamment fort pour m'étourdir. Il m'installe comme il peut sur le fauteuil passager, ferme ma ceinture et fait demi-tour vers le boulevard Flandrin.

Mais là, une fois Zoltan couché, la dispute repart de plus belle. Sur la table du salon, j'ai aperçu le revolver que nous ont vendu des policiers pour nous protéger d'éventuelles agressions les jours où nous entreposons chez nous les bijoux que nous devons porter en soirée. J'ai eu un flash horrible. J'ai vu Zoltan s'emparer de ce flingue. Je suis devenue folle. J'ai saisi le revolver et j'ai braqué Alex. J'avais le nez à moitié cassé à cause du choc contre le trottoir. Du sang plein la figure. Il me provoquait : « Tire, eh bien tire, ce n'est pas si facile, connasse ! ». Il me balançait tous les objets qui l'entouraient. J'ai visé la moquette et j'ai tiré entre ses jambes. Puis j'ai jeté l'arme qu'il a aussitôt ramassée. Survolté, il a fait feu à son tour en visant le plafond. En fait, même si les balles étaient à blanc, c'est le fond que nous venions de toucher. Surtout avec un bébé dans la chambre à côté. Mais voilà, nous n'étions plus les mêmes.

Les flics ont débarqué quelques minutes plus tard escortant Sabine, la maman d'Alex, dont les voisins connaissaient le numéro de téléphone. Ils ont plaqué Alex au sol et nous ont embarqués, laissant ma belle-mère emmener le bébé chez elle. Mais on m'a conduite à Ambroise Paré puis à l'Hôtel Dieu. Je me souviens qu'ils ont mesuré le diamètre de mes bleus. Au commissariat, par contre, où je suis revenue à l'aube pour y faire ma déclaration, on m'a juste dit : « Dégage la toxico ! »

2. ALEX – LA DÉRIVE

Dès le début de notre histoire, j'ai compris que personne n'avait envie de nous voir ensemble. Je reconnais que je me trimbale un passé un peu sulfureux mais de là à m'opposer une unanimité aussi haineuse ! Seulement voilà, je ne collais pas du tout à l'image de gentille fille sage qu'a Sarah. Sauf, évidemment pour quelques photos jet-set dans les magazines qui ne faisaient qu'aviver les colères ou attiser pas mal de jalousies.

Partout, côté familial comme côté professionnel, on nous a mis des bâtons dans les roues. Très vite, on s'est retrouvé avec de gros problèmes d'argent et donc de stress. Du coup, on a parfois pété un peu les plombs et cela n'a rien arrangé.

C'est ainsi que la dérive pointe son nez à l'horizon.

Le seul intérêt, c'est qu'on a pu compter nos amis. Curieux comme leur nombre varie selon qu'on se situe en bas ou en haut des affiches et que dans la presse on dise de nous du bien ou du mal.

La dérive, pourtant, ne signifie ni déchéance ni indignité. Mais titrer sur « la descente aux enfers de deux enfants de stars » cela fait vendre du papier. Et qu'importe si on livre à l'opprobre ceux qu'on feint de plaindre !

Notre vie privée et ses fameuses errances honteuses, certains journaux l'ont purement et simplement inventée. Sous prétexte que, dans les soirées jet-set, nous avons souvent gagné notre vie en représentant des couturiers ou des joailliers, certains en ont déduit que nous étions à vendre. Qu'il suffisait d'aligner des billets de banque pour que nous acceptions de poser en famille dans des situations stupides ou que nous balancions des confidences véreuses sur les vies secrètes de Michèle Morgan ou de Richard Anthony.

Alors, devant nos refus, ils brodent à l'infini, jusqu'au mensonge absolu.

Moi, de toute façon, je trouve que « dérive » est un bien grand mot. Et s'il faut parler de la mienne, elle a débuté bien avant Sarah. Mon enfer comme mon paradis partagent le même pays de référence : le Mexique. J'y ai atterri quand j'avais dix-sept ans pour y passer un diplôme de plongée. Une copine m'avait dit que l'endroit, Huatulco, au bord d'une immense réserve naturelle de poissons, était fabuleux. J'y venais pour trois semaines. J'y suis resté sept ans !

Au début je ne vivais que pour le sport. J'avais décidé de me faire un corps et un esprit. Je fréquentais régulièrement un ranch – *El Rancho Pachequito* – qu'avait ouvert un type exceptionnel, un Italien milliardaire, quinquagénaire homosexuel, prénommé Ignacio, qui avait choisi de sortir du système et d'utiliser son argent pour avancer sur le terrain de la sagesse. Au milieu de ses animaux et amis de passage presque toujours éminents – des physiciens, des philosophes, des musiciens – il s'inspirait de la philosophie Nawal pour distiller de bons conseils à tous et il organisait les fameux *Temaskal* qui ne comptaient que peu d'élus. J'eus la chance qu'il me propose cette initiation.

Une expérience tout à fait ahurissante. Pendant une semaine, entouré de sages, on se livre à un jeûne absolu en se nourrissant de préceptes et en vivant de façon rudimentaire dans de petits bungalows juchés sur la montagne. À la fin du sixième jour, tard dans la nuit, on s'adonne à une longue séance de sauna. Puis on consomme enfin plusieurs tasses d'un thé infusé avec des champignons hallucinogènes.

L'estomac est tellement vide qu'on monte à une vitesse folle. Du haut de la colline, on assiste alors au lever du soleil tandis que la montagne commence à exhaler ses premières chaleurs. La sensation est incroyable.

Tout ce qu'on a pu exprimer de soi au cours de ces six jours se reconstitue en une sorte de vérité lumineuse. On est loin du plaisir festif, un peu superficiel, artificiel, de la consommation courante de produits stupéfiants. On se sent transporté au sens le plus noble du terme. Ensuite, on se soumet au tatouage qui va symboliser la fin du rite. Il est pratiqué sur le lobe de l'oreille et chacun repart avec un dessin différent censé définir le mieux sa propre personnalité. Je ne sais pas ce que représente le mien. On m'a seulement expliqué que c'était celui d'un battant !

Quelques jours plus tard, je me suis retrouvé sur la plage de Zapotengo pour y fêter mes dix-huit ans, non loin des sept baies de Huatulco, celles ou l'océan fait rugir ses plus grosses vagues. Je n'étais plus tout à fait le même homme. Je me suis remis au travail avec d'autant plus d'appétit. Aussitôt mes diplômes obtenus, j'ai trouvé du boulot comme moniteur accompagnant et je me suis mis au surf. Je passais ma vie sous l'eau ou sur la crête des vagues. J'avais un petit appart. J'étais heureux. Je me souviens d'avoir appelé mon père pour lui dire que je ne reviendrais jamais en France.

La maladie en a décidé autrement. Je contracte une typhoïde qui me contraint au retour. Une fois soigné, je rencontre Emmanuelle qui me plait beaucoup. Mais elle a des habitudes de fille de riches qui m'étonnent et elle me déclare qu'elle est frigide. Je ne peux m'empêcher de relever le défi. Je fais le paon en lui disant qu'elle n'a certainement eu que de mauvais amants. Je la supplie de me donner ma chance. Elle accepte. Notre nuit est un fiasco total !

Mais, entre nous, quelque chose s'est tout de même produit. Une sorte de complicité qui incite Emmanuelle à me redonner une chance. Et là, elle prend son pied. J'en suis suffisamment touché pour lui demander de m'accompagner au Mexique, où je retourne. Là-bas, évidemment, mon refuge d'ado ne lui convient pas. Elle me fait déménager au Sheraton. Et puis elle a envie de s'amuser. Mais quand on plonge, il faut être absolument clean. Alors, un jour, elle triche sur la date de son anniversaire et me demande de ne pas aller bosser pour pouvoir le fêter avec elle. Mon patron ne trouve pas l'argument convaincant. Je hausse le ton. Lui aussi. Je vais disposer de beaucoup de temps pour faire souffler ses bougies à ma belle… je suis viré !

Là, tout change. On passe notre temps à faire la fête. Au Mexique, contre 10 dollars us, tu as tout ce que tu veux pour 24 heures. Je commence à dealer et, surtout, j'organise mon petit trafic entre Mexico et Paris. Je fais tout moi-même. Sans jamais le moindre ennui et sans peur. En fait, dans ma tête, je suis tellement prêt à me faire piquer que je ne le vis ni comme une angoisse ni comme un suspens. Pas de stress détectable, c'est déjà la moitié de la frontière franchie. Seule ma mère comprend ce que je fais et cela la rend hystérique. Devant elle, j'ai beau débarquer en costume-cravate muni de mon passeport de société, mes pupilles ne font pas illusion bien longtemps. À cette époque, je l'ai vraiment déçue et sa confiance s'en est allée à jamais.

Après ma rupture avec Emmanuelle, je me suis trouvé un petit hôtel génial où je disposais d'un jacuzzi sur ma terrasse. J'étais bourré aux as mais aussi plein de schnouff. Un matin, tandis que je barbotais, le gardien est entré avec son pass pour me déposer une enveloppe. Comme un con, j'avais laissé traîner sur la table de nuit ce qu'il ne fallait pas. Il est descendu me balancer aux flics qui ont débarqué en force alors que je m'étais recouché et profondément endormi. Sacré réveil !

Je me retrouve en un rien de temps menotté et embarqué au poste de police non sans qu'on m'ait, au préalable, délesté de toutes mes affaires et de tout l'argent qui se trouvait dans la chambre. Au bloc, ils m'autorisent à passer un coup de fil et je choisis d'appeler mon père qui connaît bien le pays.

J'ai à peine le temps de lui dire « Papa, c'est Alex, je suis au bureau de police de Huatulco. J'ai fait une grosse connerie, je vais me retrouver en prison. J'ai besoin de toi » que je l'entends raccrocher ! J'ai appris plus tard qu'il avait téléphoné à un de ses potes bien placé ici pour vérifier que je n'affabulais pas, puis qu'il avait décidé de laisser le destin faire son œuvre.

C'était parti pour la zonzon. J'avoue que je n'en menais pas large. Par chance, pendant la garde-à-vue, on m'avait briefé sur quelques trucs. Ainsi, le premier jour de mon arrivée au pénitencier, je me suis délibérément colleté avec le mec le plus impressionnant de la bande d'indios déchaînés qui faisait la loi dans la taule. J'ai réussi à lui éclater la tronche à coups de barre de fer. Merci les arts martiaux ! Cela m'a valu un brin de respect et m'a évité de me faire défoncer le postérieur, ce qui constituait le rite initiatique habituel !

Nous n'étions que deux gringos blancs paumés au milieu des blacks et des indios. Un Allemand et moi. Pendant deux mois, j'ai connu là la pire expérience de ma vie. Heureusement pour moi, dans ce pays que je considère pourtant comme le mien, les règles du jeu ne sont pas toujours très saines. La corruption, notamment, n'a pas de limite. J'avais plus d'un million de francs en banque. Tout y est passé. Je me suis retrouvé dehors sans explication officielle. Cela ne me facilitait d'ailleurs pas la tâche car, habituellement, ce genre de facilité de sortie n'est accordé qu'aux balances. Il fallait donc que je quitte le pays au plus vite. Mais je n'avais plus rien. De Paris, j'ai tout de même pu me faire établir un billet d'avion en pre-paid immédiat et je me suis retrouvé à Roissy en short et en tongs !

À Paris, j'ai eu la chance de rencontrer une fille géniale, Laurence Saada, qui, non seulement m'a suffisamment fait confiance pour me donner du boulot, mais qui m'a aussi présenté sa sœur dont je suis tombé amoureux.

S'ensuit une période assez heureuse. J'organise avec Laurence le Salon de l'automobile d'occasion puis celui des Voyages autour du vin. Parallèlement, elle me dit apprécier ma musique et me donne de l'argent pour que j'aille en studio réaliser mes rêves phonographiques. Et puis sa sœur me quitte et tout se complique. Il me faut encore changer de vie. Je pars d'abord me ressourcer quelques jours auprès de mon frère Xavier qui vit à Saint-Tropez et qui a été hyper cool avec moi après mon difficile retour du Mexique. Grâce à lui, je trouve une place de DJ chez Régine qui va me permettre de bosser aussi comme compositeur.

Je mène alors une vie incroyablement saine. Je ne bois pas. Je ne me drogue pas. Je fais du sport et de la danse classique. La récompense va survenir dans des circonstances plutôt amusantes. Depuis la rupture avec Audrey, quelques semaines auparavant, je drague en vain une nana qui, soudain, se décide à me consacrer une soirée. Je l'emmène donc au resto puis en boîte. Tout se passe au mieux et, juste avant de rentrer chez elle, on décide d'aller prendre un verre au Queen. Là, à peine arrivé au sous-sol, je tombe en pâmoison devant une blonde hystérique qui se déchaîne sur la piste. Une véritable bombe !

Je cherche à savoir autour de moi de qui il peut s'agir et je repère William Marshall, toujours bien informé, qui me répond qu'il ne la connaît pas. Il arbore certes un petit sourire espiègle, mais je n'y prête aucune attention. Pas plus d'ailleurs qu'à ma copine qui, visiblement, comprend mal mon manège. Tant pis. Je suis hypnotisé par cette blonde et je la rejoins sur la piste me déchaînant à mon tour.

J'ai le sentiment que je ne la laisse pas indifférente et, au bout de quelques minutes, je l'aborde en lui disant franchement que je ne sais pas ce qui m'arrive mais que je crève d'envie de l'embrasser. Cette fille, je ne le saurais que quelques heures plus tard, c'est Sarah !

L'amour, le vrai, celui qui te perturbe assez pour que tu ne sois pas surpris qu'on te demande ta main, était donc de retour. Le blé aussi. Entre mes compositions et mes prestations, je me faisais plus de dix briques par mois. Et puis un soir, en pèlerinage sur les lieux de notre rencontre, je me plante la gueule dans l'escalier du Queen. Cheville droite fracturée et distension des ligaments de la gauche. Au CHU de Créteil, je prends un bon coup au moral.

Nous nous traînons dans l'appartement de la maman de Sarah. Un soir, un pote se pointe avec de la drogue. C'est reparti pour un tour ! Très vite, on dépasse les bornes. On quitte l'appartement de Sylvie pour passer d'un hôtel de luxe à un autre. Il nous arrive même de louer une suite rien que pour y accueillir un dealer. Je crois qu'on a dû claquer plus de cent briques. La mère de Sarah pète les plombs. À juste titre !

À l'orée de l'été, je prévois un plan d'oxygénation générale. Je loue une maison à Ibiza et j'achète des billets d'avion à dates bloquées pour nous et quelques amis proches, plutôt sains. Quinze jours avant le départ, Sarah m'annonce qu'elle a promis à sa mère de passer une semaine en croisière avec elle et son copain, au large de Saint-Tropez. Je suis effondré. Je gueule un peu, mais je m'incline en m'asseyant sur les billets charter. Quand elle me téléphone pour me dire qu'elle a raté le bateau, je suis sûr qu'elle s'est foutue de ma gueule. Je sais par les journaux que son ex, un chanteur célèbre, se trouve comme par hasard à Saint-Tropez. Je l'envoie se faire foutre, à peu près certain que c'est exactement ce qu'elle va faire !

Le lendemain matin, parti à mon tour prendre un peu de soleil chez une copine à Bandol, je me ronge les os. Dix fois, quinze fois, j'empoigne mon téléphone et je le repose. Au bout de quelques jours, je n'y tiens plus. J'emprunte une Harley et je trace vers Saint-Tropez. On se retrouve, on s'explique, on s'engueule, on fait l'amour, on s'engueule à nouveau parce qu'elle estime que je conduis imprudemment, on se quitte une fois de plus et on pleure un peu. Bref, on s'aime !

De retour à Paris, je perds mon job. Je l'avais obtenu grâce à un mec qui se fait virer injustement. Je prends son parti avec une véhémence qui me vaut la même sanction. L'automne s'annoncerait morose si Sarah et moi n'avions déniché un bon plan en Corse et si nous n'avions formellement décidé à la fois de nous marier et de faire un enfant.

Le 11 Octobre, je sors d'un rendez-vous professionnel quand, au moment de monter dans la voiture que Sarah m'a laissée pour se rendre au show-room de Jitrois, je l'entends hurler dans mon portable : « Ils me frappent. C'est l'horreur. Viens tout de suite ». Je suis garé près des Champs. Je laisse la caisse et je remonte la rue Saint-Honoré en courant comme un fou. Devant l'entrée de l'immeuble, j'aperçois deux gardes du corps. Je ne les calcule même pas et je défonce la porte à grands coups de pieds. Malheureusement, je me trompe d'étage et les voisins appellent les flics. Je suis obligé de battre en retraite.

Ensuite, c'est le black-out. On me fait savoir que Sarah ne veut plus me voir et, comme elle ne me donne aucune nouvelle, je finis par le croire. J'engage pourtant des détectives privés pour la retrouver. Je remonte sa trace jusqu'à chez son père puis plus rien. Elle ne répond à aucun appel. Cette fois, ça y est, j'ai perdu ma femme.

Je vais me laisser mourir pendant près de deux mois puis, à bout de force et d'illusions, je décide de repartir au Mexique. Là-bas, entouré d'affection par mes amis, je me refais une petite santé et j'envisage d'y poser définitivement mes valises. Mais un doute me taraude. Il faut d'abord que je retourne à Paris. Miracle, Sarah vient enfin d'échapper à ses anges tutélaires. On se retrouve dans le métro. Je l'avais quittée rachitique. Elle m'apparaît… en pleines formes ! En fait, elle est enceinte. Cette grossesse nous remet à la fois sur orbite et sur un petit nuage.

La naissance de Zoltan devrait être le point d'orgue de notre bonheur. Mais on manque d'argent et je prends de plein fouet la trahison d'une productrice qui bloque le disque que je viens de finir sans être capable de le diffuser. De son côté, Sarah n'est pas au mieux. Le traditionnel baby blues réveille en elle de vieux démons.

Trois mois s'écoulent tant bien que mal puis la drogue refait surface. Beaucoup moins massivement qu'avant mais, du moins pour Sarah, avec plus de nocivité. Ses crises de manque succèdent à des crises d'hystérie. Un soir, en décembre 2002, le malaise ambiant vire au cauchemar. Sarah saute de la voiture en marche, elle menace de se suicider en enjambant le parapet d'un pont, elle me tire dessus avec un revolver heureusement chargé à blanc. Bien sûr, c'est à moi que les flics s'en prennent quand, aux côtés de ma mère, ils débarquent boulevard Flandrin. Je me sens pourtant moins surexcité que ma femme. Moi, de toute façon, je passe ma vie sur les nerfs. C'est pour ça que j'ai du mal à me priver d'herbe. Cela dit, je ne suis victime d'aucune autre accoutumance chronique.

Est-il préférable de se bourrer d'anxiolytiques ? Demandons à la sécurité sociale ce qu'elle en pense !

XII. Le drame

« Le poids de la balance »

1. SARAH – LE DRAME

Toute ma vie je me souviendrai du jour où nous sommes allés déposer Zoltan au foyer pour l'enfance du treizième arrondissement. C'était notre décision mais cela ne rendait pas son application plus aisée. J'ai encore dans les oreilles le son déchirant de ses pleurs quand il a vu que nous le laissions. Privés de notre poussin nous sommes devenus hypersensibles. Le jour où un quotidien malhonnête a annoncé qu'on avait pratiquement abandonné notre fils, on s'est mis à pleurer comme des gosses. C'était tellement injuste.

La loi nous obligeait à nous séparer de lui et nous avions seulement choisi le lieu le plus propice à la sauvegarde de notre cellule familiale future. Au foyer, nous pouvions avoir constamment de ses nouvelles et ils respectaient nos temps de garde et de visite. Ce n'était malheureusement pas le cas chez ma belle-mère qui outrepassait largement les droits que lui avait octroyés la justice.

Je sais parfaitement qu'elle pensait bien faire et que son manque de confiance en nous motivait son attitude. Je conçois même avec reconnaissance qu'elle ait voulu protéger Zoltan. Mais cela n'était pas suffisant pour que nous admettions une prétendue irresponsabilité que nous savions sans fondement. Pas suffisant non plus pour que nous laissions notre fils se tromper de maman. Je sais parfaitement quand mon « petit mal » m'empêche de m'occuper de mon fils. J'en culpabilise d'ailleurs plus souvent qu'à mon tour. Je sais aussi que la consommation de drogues se conjugue mal avec la surveillance et l'éducation d'un enfant. Jamais, d'ailleurs, nous n'avons joué avec le feu en présence de Zoltan. Mais comment ne pas se défendre bec et ongles quand l'amalgame est injustement fait entre maladie et toxicomanie ? C'est vrai que les six semaines qui ont précédé ce drame ne demeureront pas les plus valorisantes de mon suivi psychologique.

En fait, dès la mi-septembre 2003, je me suis mise à piquer des crises de nerfs pour un oui, pour un non. Au point que mes voisins du boulevard Flandrin m'ont prise pour une dingue – ce que j'étais d'ailleurs un peu mais sans l'avoir encore compris – et que nous avons dû quitter notre appartement et trouver refuge à l'Hôtel Baltimore. Là, notre ami Massimo Gargia nous a proposé de participer au voyage inaugural, à Moscou, des *Capitol City*, deux tours évoquant étonnamment les tragiques et si regrettées *Twin Towers* new yorkaises.

Le vol se déroule à peu près bien quand je m'aperçois qu'Alex mate avec insistance une des passagères de l'avion. Une nana plutôt pas mal que je connais d'ailleurs depuis dix ans. Au lycée elle était dans la classe au dessus de la mienne et elle me gonflait déjà. Je lui en fais la remarque mais il persiste avec un petit air arrogant qui me pousse hors de mes gonds. S'ensuit une dispute titanesque au cœur de laquelle je déchire mon passeport en mille morceaux. Les douaniers russes, peu enclins à la plaisanterie, ne trouvent pas mon geste tellement hilarant et me feraient sûrement coffrer directement si l'assistant du premier ministre, venu accueillir notre délégation, n'intervenait pas en ma faveur. Il me faut toutefois leur fournir une explication crédible de mon acte. Je leur avoue alors un secret que je m'étais jurée de ne divulguer que bien plus tard : « Je suis enceinte et mon mari ne le sait pas. Cela fait deux raisons de plonger dans un état second. »

Les douaniers semblent, en effet, juger mes raisons plausibles mais conservent un scepticisme sévère : « Bien. Alors nous allons faire acheminer ici un test de grossesse. S'il est positif, tu es libre. Mais si tu nous a menti, soit tu files direct en prison, soit t'es morte ! »

Toujours escortée par l'assistant ministériel, je m'exécute et, bien sûr, le test confirme ma grossesse. Alex et le reste de notre groupe sont heureusement déjà rentrés à l'hôtel depuis longtemps. Ils n'ont rien entendu de mes déclarations, rien vu de mes péripéties. Dans la voiture qui me ramène à mon tour, je me sens abasourdie par le nouvel épisode tragi-comique que je viens d'ajouter à notre saga. Je décide pourtant que je vais occulter les détails de mon passage en douane.

Une fois arrivée dans la chambre de l'hôtel, je suis agréablement surprise par le calme apparent de mon mec. Après trois remarques de principe, il me propose d'aller boire un pot chez je ne sais quelle nana. Je décline son invitation car je n'ai plus trop la tête aux bavardages inutiles. J'ai besoin de me reconstituer. Cette grossesse me ravit mais je ne veux en parler à personne. Surtout pas à Alex que je ne sens pas particulièrement gourmand, ces derniers jours, de vie familiale. Et puis je reçois de mauvaises ondes. Comme un pressentiment d'échec.

Il ne va pas tarder à se vérifier. Le lendemain, à l'ambassade de France, brisant subitement le talon d'une de mes bottes, je me prends un gadin si monstrueux qu'il provoque une fausse couche.

Laissant tout le monde en plan, je sens que le pire risque de survenir et, arguant de mes contusions, je me fais raccompagner à l'hôtel d'urgence. Là, à peine franchi le seuil de ma porte, c'est la catastrophe. Je vacille sur moi-même, je me tords de douleur, je perds mon sang comme si on m'avait égorgée.

Quand Alexandre frappe à la porte, je n'ai pas encore eu le temps de finir de nettoyer la salle de bains. Il y du sang partout. J'oscille entre la peur et la honte. Une question m'obsède : « Que va-t-il dire ? »

Ce qui l'obsède, lui, est une autre question : « pourquoi ne m'as-tu rien dit ? Qu'avais-tu à cacher ? »

Je lui réponds qu'il est en partie responsable de mon silence. Je lui rappelle la supplique menaçante que j'ai douloureusement encaissée de sa part quelques jours auparavant : « Sarah, si tu m'annonces encore une mauvaise nouvelle, je me tire. »Il trouve visiblement mon argument blessant : « C'est horrible que tu penses que je puisse classer l'annonce de ma paternité au chapitre des mauvaises nouvelles ! » En réalité je ne le pense pas. Je préfère simplement le culpabiliser un peu plutôt que de faire mine de me… dédouaner !

De retour au Baltimore, je repense à cette fille de l'avion. Je sais, depuis, que c'est dans sa chambre qu'Alex voulait m'emmener prendre un verre. Dans ces cas-là, en général, ses intentions sont claires. J'en déduis donc qu'il a couché avec elle et devant ses dénégations chargées d'ironie, je pique une crise terrible qui se termine par mon départ. Je prends mon fils sous le bras et je file chez ma belle-mère. J'y passe trois jours puis je me dégotte un petit appartement dans le seizième. J'en avertis Alex pour qu'il puisse venir voir son fils, ce qu'il fait aussitôt.

Au bout d'une semaine je finis par le rejoindre à l'Hôtel Baltimore où il est resté seul pendant dix jours. Sa note n'est pas payée. La directrice fait un esclandre. Je ne savais pas que dans les palaces, il fallait régler avant de solder. On se crêpe donc un peu le chignon et, dès le lendemain matin, nous migrons vers le Raphaël, à quelques centaines de mètres de là.

Nous sommes d'abord reçus comme des princes par le directeur à qui nous expliquons que nous avons un projet d'émission de télévision qu'il serait possible de tourner dans son établissement. Il semble ravi. Nous lui confions ensuite une grosse somme d'argent en garantie sur notre séjour. Il semble doublement ravi. Aucun incident notoire ne vient ensuite perturber notre tranquillité.

Pourtant, le 31 octobre à 18h36 très précisément, l'heure était affichée sur mon téléviseur, quelqu'un frappe à la porte vigoureusement. « Service ». Alexandre vient juste de descendre. Je me dis qu'il a peut-être commandé quelque chose pour moi afin que je reprenne des forces. J'ai de la fièvre suite à une infection buccale liée à un plombage défaillant. Bref, j'ouvre et là, six flics de la brigade des mineurs investissent les lieux comme un escadron de parachutistes. Zoltan se réveille en sursaut et hurle de terreur. Je le prends juste avant qu'un des hommes ne le saisisse. Et presque au même instant, je vois ma bellemère surgir en feignant le hasard. Elle se pointe pourtant juste devant moi et bien ostensiblement pour les oreilles policières, me déclare sur un ton stupéfait : « Ah, mais, t'es pas à l'ouest, comment ça se fait ? »

Là-dessus, elle fait mine de s'entendre avec les policiers pour estimer qu'il est préférable de soustraire le bébé à l'ambiance du moment et elle me dit d'une voix soudainement complice : « Prépare son sac uniquement pour un jour, je te le rendrai demain. » Je ne peux m'empêcher de lui rétorquer : « Tu es sûre, Sabine, que tu ne préfères pas que je te prépare un sac d'un mois ? Parce que, la dernière fois, c'est ce que cela a duré ! »

J'ai appris plus tard qu'Alexandre avait été bloqué par six autres flics dès sa sortie de l'ascenseur, isolé, puis conduit à la sortie de l'hôtel avec interdiction d'y revenir. J'ai appris aussi que Sabine était déjà passée voir le directeur un peu plus tôt dans l'après-midi. Les femmes de chambre lui auraient signalé qu'elles avaient trouvé des mégôts de joints dans les cendriers !

À cette époque je ne prenais aucune sorte de drogue. Si cela avait été le cas, les policiers auraient au moins découvert un soupçon de quoi que ce soit. Mais, voilà, la loi est claire, lorsqu'une personne de la famille porte plainte pour la deuxième fois, alléguant qu'un enfant est en danger, il faut prendre des mesures de précaution d'urgence et ouvrir une enquête.

Cette mesure n'implique pourtant pas, bien au contraire, que les parents soient privés de voir leur enfant. C'est pourtant à ce régime sec de séparation absolue que ma belle-mère a estimé bon de nous tenir. Elle ne nous répondait même pas au téléphone. Au bout de cinq semaines j'ai cru que j'allais devenir folle. Heureusement, elle n'a pas osé nous priver de Zoltan pour les vacances de Noël. Le 19 décembre, quand elle a enfin ouvert sa porte, j'ai tremblé de bonheur. Sentir à nouveau contre moi ce petit ange, cela ne peut se décrire. Mais la scène a tourné court car Sabine a refusé de nous rendre ses affaires, arguant qu'il devait revenir. Alex a répondu à sa mère que nous ne pouvions tout de même pas lui racheter des jouets et des vêtements juste pour quinze jours. Elle ne voulait rien entendre. J'ai cru un moment qu'ils allaient se taper dessus. Et tout cela devant Zoltan.

Au retour des vacances nous avons préféré, Alex et moi, que notre enfant soit provisoirement placé en foyer plutôt que remis chez Sabine. L'enquête y gagnerait, de toutes façons, clarté et objectivité. Mais le choc fut effrayant. Au point que je me suis demandée calmement s'il ne valait pas mieux que je me suicide. Pour tout le monde j'étais une mauvaise mère. Autant assumer jusqu'au bout et laisser la place.

Quelques jours après l'entrée de Zoltan au foyer, j'ai pété les plombs en direct sur une radio. Avec mon accord, Alex m'a emmenée directement à l'hôpital. Ils m'ont proposé un internement en milieu clos. Je leur ai expliqué avec, m'ont-ils dit, beaucoup de lucidité, pourquoi je n'y tenais pas. Ils m'ont donc dirigée sur l'Hôtel Dieu où, pour la première fois, j'ai osé déterrer devant un psy quelques secrets bien trop enfouis.

2. ALEX – LE DRAME

Quand l'article, qui a déclenché une ahurissante tempête médiatique, est paru dans *Le Parisien* nous avons pris une gifle particulièrement cruelle. Nous savions qu'ils préparaient quelque chose puisqu'ils avaient contacté notre avocat mais, sur le conseil de ce dernier, on avait refusé de participer à la polémique qu'ils nous proposaient d'engager avec nos familles. On pensait que, du coup, par honnêteté, ils allaient renoncer à s'engager, d'après les dires d'une seule partie, sur un terrain d'autant plus sensible qu'il mettait en jeu le destin d'un enfant. C'était mal connaître ce journal.

À la lecture de leur tapis de mensonges, on a été d'abord assommés, quasiment hébétés. Heureusement, notre avocat nous a remonté le moral en nous expliquant que ces déformations de la vérité comme l'acharnement de ceux qui les divulguaient, allaient bien finir par montrer le vrai visage et les vrais intérêts de nos détracteurs.

« On a dû leur enlever leur enfant... », en gros, c'est ce qu'on a pu lire dans la presse. Bizarrement, personne n'a précisé que la décision de placer Zoltan dans un foyer était la nôtre. Ceux qui se sentaient obligés d'énoncer cette vérité la contournaient en affirmant que nous avions abandonné notre petit.

En réalité, suite à des plaintes émanant de nos propres familles, la justice a ordonné une enquête qui nous contraignait à nous séparer de Zoltan le temps de son déroulement. Il ne pouvait être question de le confier à ceux qui nous accusaient de tous les vices. Nous avons donc choisi les services sociaux.

De toute façon, nous trouvions plus sain pour Zoltan qu'il soit scruté par les psychologues et les assistantes sociales dans un cadre collectif et non familial. De notre côté nous faisions parallèlement l'objet d'une enquête approfondie, tant sur le plan moral que social et psychologique.

Maman a toujours nié être à l'origine des interventions multiples et pourtant inutiles des enquêteurs des services sociaux. Dans le doute, je lui fais confiance. J'ai, quoiqu'il en soit, traversé en quelques mois la période la plus noire de ma vie. Je pense avoir su rester stoïque mais, à force de prendre sur soi, de vouloir donner le change, on finit par se détruire de l'intérieur.

Un matin, après une nuit d'insomnie, assis en tailleur, la tête dans les mains, sur le triste plumard d'un hôtel Ibis de l'avenue de Clichy, j'ai réalisé que mon fils était en foyer social et ma femme à l'hôpital psychiatrique. J'ai surtout imaginé que j'étais en train de perdre les deux. Pendant cinq minutes je n'ai plus décollé les yeux de la vitre de la chambre. J'avais envie de passer à travers, de voler dans le vide, de plonger droit dans le bitume. Tant qu'à être jeté en pâture aux lions par une bande de vautours, autant choisir ma mort ! Chez moi, heureusement, l'énergie reprend vite le dessus. Alors je n'ai pas sauté. J'ai même souri en me souvenant que j'habitais... au premier étage !

Un matin, boulevard Flandrin, je me lève encore tout cotonneux et m'acheminant à pas traînants vers la cuisine, je découvre Sarah, manches retroussées, balais, serpillère et aspirateur en batterie, en plein ménage. Un peu surpris, je pose une fesse sur le bord du canapé, et sirotant mon petit noir en me brûlant un peu les lèvres, j'assiste avec un rien d'admiration à ce décapage volontaire. Au terme de la séance, je tente de glisser à ma fée du logis, un message de reconnaissance en forme de bisou dans le cou mais elle s'esquive comme un footballeur vedette s'engouffrant dans les vestiaires pour fuir la meute des journalistes.

Je me résigne donc à rassembler mes esprits sans marque ostensible vers le bouton *on* de notre téléviseur. Quand Sarah réapparait, munie à nouveau des instruments de torture de la poussière, elle se remet à tout briquer.

Je me demande, l'espace d'une seconde, si elle me fait marcher. Je me prends même à l'espérer. Mais le numéro va se reproduire deux autres fois, comme le vidage, remplissage, revidage, reremplissage du même placard !

Ça glace le dos de constater ce genre de trucs. On se demande pourquoi, depuis combien de temps, à cause de qui, et surtout comment on a pu ne pas voir venir ?

En fait, seule Sylvie savait. Mais cette maman-là ne supporte pas que les secrets de famille soient dévoilés au grand jour. J'ai pour ma part tenté depuis cet incident flagrant de ne plus monter au créneau chaque fois que ma femme m'intrigue ou me déconcerte.

Je sais que, dans Paris, une rumeur a circulé selon laquelle je battais ma femme. J'avoue que je ne suis pas vraiment un calme et que, gamin, j'étais un hyperactif. Cela donne de moi une image souvent liée à la violence. Mais que celui qui m'a vu une seule fois frapper ma femme se déclare, j'aimerais avoir ses yeux dans les miens. C'est plutôt moi qui aurais pu prendre des baffes lors des crises qui se sont enchaînées avant qu'on soit contraints de quitter notre appart.

On atterrit d'abord à l'*Hôtel Baltimore*. Au bout de quelques jours, Sarah me fait une scène de jalousie qui décape tout l'hôtel. Elle croit que je l'ai trompée en Russie où nous venons de faire un voyage diplomatico-publicitaire. Encore que le côté « diplomatique » soit relatif puisqu'elle a, là-bas, déchiré son passeport, ce qui m'a valu le message suivant du premier ministre : « Nous avons fait le nécessaire pour que votre femme n'ait pas d'ennui mais sachez qu'elle, comme vous, êtes désormais indésirables sur notre territoire » !

L'*Hôtel Raphaël* succède au Baltimore. Mais eux, vraiment, nous ont pris pour des cons. Un après-midi, je quitte Sarah vers 18h pour honorer un rendez-vous et j'arrive dans un hall bourré de flics. En les voyant, je devine qu'ils m'attendent et je ne me trompe pas. Ils m'entraînent dans une petite salle et me fouillent, trouvant d'ailleurs sur moi une bombe lacrymogène que m'ont vendue des collègues à eux. Finalement, ils m'intiment l'ordre de quitter l'hôtel et de ne plus jamais y revenir. Tout cela sans me donner la moindre raison. Aussitôt dehors, j'appelle Sarah qui m'apprend que ma mère a récupéré Zoltan après une opération commando de la brigade des mineurs.

Je prends un sérieux coup sur la cafetière et je me réfugie chez une copine, porte Saint-Cloud, où Sarah me rejoint le lendemain. Ma mère ne nous répond pas au téléphone. La paranoïa nous gagne. On ne sait plus où aller. On se demande qui nous en veut, qui nous trahit. Pendant un mois, tels des repris de justice, on a changé d'hôtel tous les cinq, six jours en se tenant à de la moyenne gamme, la plus économique, mais surtout la plus anonyme !

Le travail conjugué du juge et de notre avocat modère heureusement les ardeurs de ma mère. Elle nous laissera Zoltan pour les vacances de Noël. Le 19 décembre, lorsqu'on vient le chercher, elle refuse de me donner ses affaires. La rencontre se termine très mal. Je décide qu'au retour des fêtes nous ne remettrons pas notre fils chez sa grand-mère. Les cris à profusion, les scènes de déchirement entre ses parents et sa grand-mère, tout cela me semble bien plus traumatisant pour Zoltan qu'un univers neutre, objectif, respectant l'enfant autant que ses parents.

N'empêche, une fois qu'on se retrouve devant la minuscule et grisâtre entrée de l'A.E.M.O (Action Educative en Milieu Ouvert) dans une rue tristounette du 13ème arrondissement, on a le sentiment que la vie s'effondre. On se sent parents indignes, coupables de tout. Tourner le dos à un enfant qui vous tend les bras en pleurant et qu'on aime plus que tout, si un enculé de sa race me dit qu'on a fait ça par lâcheté, je l'étrangle !

Sarah n'a pas pu subir ce choc sans séquelles. C'est pour cela qu'elle a déliré en direct sur RMC accusant à tort son propre frère de viol. Ce jour-là, j'ai osé lui dire qu'on ne pourrait s'en sortir, l'un et l'autre, que, si elle acceptait de se soigner.

C'est ce qu'elle a fait.

XIII. Le bonheur retrouvé

« La règle de trois »

1. SARAH – LE BONHEUR RETROUVÉ

Nous nous sommes envolés pour l'Afrique où nous avions décidé d'aller passer quelques jours afin de pouvoir terminer au calme la rédaction de ce livre tout en prenant quelques provisions de soleil juste avant le tournage initialement prévu du court-métrage de Gaël le Forestier. J'ai vite senti qu'un monde nouveau nous attendait. Pas seulement parce que j'allais découvrir un continent où je n'avais jamais mis les pieds, mais aussi parce que les deux Sarah qui me divisent se sont soudain recomposées en une seule et même personne. Même contradictoires, mes pensées, mes humeurs, mes sentiments fusionnaient enfin sans s'opposer radicalement. Je n'étais plus contrainte d'habiter un personnage ou l'autre.

Je sentais par exemple mon cœur à la fois gorgé d'enthousiasme et serré comme une corde à nœuds. S'envoler, partir avec mon mec, lui murmurer à l'oreille que j'avais envie qu'il me prenne là, tout de suite, dans cet avion. Quelle jubilation de vivre à nouveau ce genre d'instant ! Mais quelle torture aussi de se priver de Zoltan à peine réinstallée dans mon statut de maman. Le manque de lui. Viscéral. Absolu. Quand j'allais mal je culpabilisais bien trop de mes carences pour souffrir de son absence. C'est ainsi que l'avenir ressuscite... Quand le présent vous persécute avec ses insuffisances !

Les quelques jours passés au Togo ont confirmé la promesse d'un lendemain. Dans ce pays qui, comme ses voisins, souffre de mille maux, on reçoit à chaque instant des leçons de courage, de simplicité et d'authenticité. Grâce à elles, grâce aussi à l'oubli immédiat de nos propres soucis, on a senti se poser sur nos vies un formidable souffle d'amour, de désir, d'espoir et d'énergie. Et puis, quelle joie de voir Alexandre recommencer à sourire. Ces rues poussiéreuses et colorées étalant leur désuétude sous une chaleur accablante lui rappellent son Mexique. Ce cheval fringant qu'il chevauche en galopant torse nu sur des plages cuivrées. Cette piscine pastel, bordée de cocotiers qu'il parcourt des heures durant pour éprouver ses abdominaux. Ces citrons verts, ces papayes sensuelles, ces gambas dodues qu'il consomme goulûment. Loin du stress urbain et des angoisses au quotidien, tous ses appétits renaissent.

Moi, j'aborde la dernière phase d'un traitement médical qui m'a totalement apaisée. Je prends du plaisir à poser pour notre photographe. Quoi de plus symbolique qu'une photographie ? Un instant qu'on capture pour l'emmener dans le futur !

Se coucher tôt, se lever tôt…depuis longtemps je n'éprouvais plus ce genre de plaisir, comme la saveur d'un plat ou le parfum d'une fleur, comme l'écriture de ce livre. Chaque fois qu'on s'est couché en se disant : « Demain matin réveil à telle heure, il faut qu'on termine le chapitre X », je me suis senti pousser des ailes ! Le bonheur retrouvé c'est ça, le retour des plaisirs simples, la certitude qu'une angoisse spontanée ne va plus tout balayer sur son passage. Un plateau télé, un film dont on ne voit pas la fin parce qu'on se met à faire l'amour et, bientôt, notre enfant dans la chambre à côté.

Ces dernières semaines, avec Zoltan, on a retrouvé tous nos repères de vrais papa et maman. Il n'y a rien d'autre qui compte réellement.

1. ALEX – LE BONHEUR RETROUVÉ

On venait de monter dans la voiture d'un ami qui s'était garé dans une petite rue du seizième arrondissement et avait baissé toutes ses vitres pour profiter du doux soleil printanier qui éclairait la ville. Soudain, juste avant qu'il démarre, une petite dame nous a fait signe et s'est approchée pour nous dire d'une voix douce et d'un ton très appliqué : « Je suis très heureuse de vous rencontrer car je vous aime beaucoup et la plupart de mes amies aussi. J'ai lu toutes vos mésaventures dans les journaux et je pense que je sais lire entre les lignes. Ne pensez pas que personne ne vous comprend. Votre combat est juste et valeureux. L'avenir vous appartient, je vous souhaite tout le bonheur du monde et si vous le voulez bien, j'aimerais vous embrasser. »

Une fois les bises échangées elle est repartie à petits pas. En la regardant s'éloigner, accoudée à la portière, j'ai vu tous nos ennuis s'en aller aussi. Le même jour, à une dizaine de reprises, on nous a demandé des autographes. Cela nous a fait un bien fou. Pas pour la fierté d'apposer sa signature sur de petits bouts de papier. Mais c'était douloureux, ces derniers temps, de sentir une opinion publique hostile. On a beau se savoir victimes d'une overdose de calomnie, à force de se sentir désignés comme les parents les plus indignes du monde, on finit par douter de soi.

Aujourd'hui, nous sommes très heureux que notre fils puisse aller passer quelques heures – voire quelques jours – chez ma mère ou chez celle de Sarah. Certains s'en étonnent, ironisant sur les joutes familiales qu'a générées la garde de Zoltan. Il faut les laisser dégoiser à leur guise. Comment, en effet, être assez con pour ne pas faire la différence entre le fait de confier son enfant à quelqu'un qui l'aime et celui de se le faire retirer par quelqu'un qui ne vous aime plus ?

Avec nos mères comme avec la plupart de nos frères et sœurs, nous avons enfin su nous parler. Du coup, presque tous les malentendus ont été dissipés. Et puis Sarah semble enfin avoir trouvé un traitement médical adapté aux troubles psychologiques qui la taraudent depuis des années et qu'elle cherchait à cacher. Elle ne pète plus les plombs. Sa famille réalise que ce n'est pas la drogue qui la perturbait. C'est pour elle un atout gigantesque. Pour moi aussi d'ailleurs car j'étais jusque-là le coupable tout désigné de ses maux. Le sujet principal de discorde entre elle et les siens.

XIV. L'avenir

« Maintenant ou ailleurs »

1. SARAH – L'AVENIR

Ma mère, mon fils, mon mari, mon petit frère ont enfin ouvert mes maudits yeux. Désormais je suis Sarah-Jane, j'ai vingt-deux ans et je change de vie. Juste au moment où il le fallait, j'ai enfin trouvé la clé du tiroir à secrets.

Du coup, l'avenir me paraît possible. Celui de mon fils, d'abord. J'aimerais qu'il ait une enfance tranquille. Qu'il oublie les mauvais souvenirs de sa prime enfance. Je le verrais bien grandir au soleil. Ici ou loin. En Thaïlande, par exemple. J'y ai passé des années sereines et constructives. Je me souviendrai toujours de ce bar à putes dans lequel m'a emmenée ma mère. Adolescente, je me souviens que toutes les filles qui traînaient là n'étaient guère plus vieilles que moi. Maman m'a dit : « Tu vois, le monde c'est aussi cela. Regarde-bien et pense à la chance que tu as ! »

C'est vrai que nous vivions là-bas du bon côté. Mais la philosophie de ces gens, qui traversent l'adversité avec un sourire fataliste et de jolies croyances, est une formidable leçon. Et puis, je suis certaine qu'entre la pratique des sports de combat et la rencontre avec le bouddhisme, Alex trouverait au royaume de Siam un équilibre apaisant.

Pour mon fils, je voudrais aussi reprendre mes études. Je souffre parfois de lacunes. J'aimerais pouvoir répondre à toutes les questions qu'il se posera en éveillant sa curiosité. Il est déjà tellement aux aguets de tout. Il faut le voir déambuler avec sa démarche de mini Marlon Brando !

Dans l'immédiat ce qu'il lui faut, c'est un nid où nous pourrions le couver un peu plus ; un logement peinard où il circulerait à sa guise en jouant avec toutes les poignées de portes. C'est son grand truc, ouvrir et refermer les portes. Comme s'il cherchait une issue, une ouverture, un autre espace.

Moi, les espaces neufs, je les devine de mieux en mieux. Le pessimisme m'abandonne. Mais l'avenir à long terme, j'éprouve encore du mal à le percevoir. Peut-être par peur de me faire peur.

Alors je me contente de ne penser qu'au lendemain.

2. ALEX – L'AVENIR

L'autre jour, j'ai rêvé que Pascal Nègre me téléphonait pour me proposer de signer un contrat chez Universal Monde. Quand je me suis réveillé, j'ai eu du mal à réaliser que le coup de fil n'avait pas eu lieu. Je ne me prends pas pour un dieu mais, sincèrement, si je compare ma musique et mes chansons à celles que j'entends à la radio ou à la télé, je ne sens aucune honte m'envahir.

Réussir dans ce domaine, que ce soit en chantant, en accompagnant les autres, en plaçant mes compositions ou en signant des jingles pour la pub voire des musiques de films, voilà l'avenir que j'imagine et que je me souhaite. C'est aussi pouvoir nourrir les miens en exerçant ce don qui m'accompagne depuis que mon frère aîné m'a initié.

Mais l'urgence n'est pas là. Ce qui m'importe avant tout c'est de ne plus compromettre le futur de mon fils. Je veux qu'il connaisse l'enfance et l'adolescence que je n'ai pu avoir. Je veux qu'il s'épanouisse sereinement afin qu'il puisse, un jour, énoncer ses choix de vie sans contrainte. S'il le faut, nous n'hésiterons pas à faire nos valises. De l'autre côté de l'Atlantique, je sais que j'ai un endroit à moi : Le Mexique, ce pays que je connais de fond en comble et que Sarah n'ignore plus tout à fait tant je lui en ai parlé.

Là-bas, mes amis ne me demandent pas d'avoir l'air calme pour m'ouvrir leurs portes et leur cœur. Là-bas, l'énergie conjuguée à la tchatche ne passe pas pour de la violence. Là-bas, on trouve du travail sur la confiance qu'on vous accorde, pas sur la lecture d'un *curriculum vitae* ni grâce au piston de nantis bien placés.

Je finirai mes jours sous le soleil de Mexico. On dirait un air d'opérette mais pour moi c'est un air pur, celui sans lequel j'étouffe. Je finirai mes jours devant des soleils couchants qui m'inventent des couleurs. D'ici là je suis bien incapable de dire de quoi demain sera fait. Pas un oreiller ne m'accueille sans que j'en brûle les plumes à force de chercher en vain le sommeil, torturant mon cerveau avec de sempiternelles et incandescentes questions.

Il y a tellement de fois où j'ai cru que j'atteignais le bon port. Alors, l'avenir, je le vois positif. De toute façon, je n'ai plus que cela à faire.

XV. Leur petit monde

« Question d'osmose »

« À mon âge, j'ai tout de même le droit de dire et de faire quelques bêtises. De toute façon, quand j'aurai quarante ans, je me trouverai des excuses en racontant qu'à l'époque j'étais un peu conne ! »

Quand Sarah se lâche ainsi dans un grand éclat de rire, Alexandre l'épingle aussitôt : « Mais tu es un peu conne ! Rassure-toi, je serai encore là pour te le rappeler. »

« Tu crois vraiment que tu seras encore là, mon amour ? » feint-elle alors de le questionner comme si elle s'interrogeait elle-même. Et nos deux tourtereaux de folâtrer dans leur petit monde d'invectives, mouchetées de mini-joutes surréalistes et, pour tout dire, de rare complicité.

Ce petit monde qui est le leur, à quoi ressemble-t-il vraiment ? En leur demandant de réagir sur quelques mots lancés sans hasard, on décèle aisément que leurs goûts sont harmonieux même lorsqu'ils ne sont pas communs.

DEVISE

Sarah : « Aide-toi, le ciel t'aidera. »

Alex : « L'expérience est une lanterne qui n'éclaire que le chemin parcouru »... C'est signé par Lao Tsé, un philosophe chinois mais beaucoup d'autres gens se la sont appropriée depuis !

PLAT

Alex : La paëlla, la vraie, la bonne.

Sarah : Le Macdo... plutôt filet-o-fish que Big Mac !

COULEUR

Sarah : Le rouge.

Alex : Le noir... évidemment... Coucou Mister Stendhal.

FILM

Alex : *Meurtres dans un jardin anglais* de Peter Greenaway.

Sarah : *La Fille sur le pont* de Patrice Leconte, avec Vanessa Paradis .

LIVRE

Sarah : Le Parfum de Patrick Süskind.

Alex : Ah, j'adore aussi. Mais je dirais quand même *L'Alchimiste* de Paulo Coelho à égalité avec *La Métamorphose* de Franz Kafka.

HAINE

Alex : Les intégristes... toutes religions confondues.

Sarah : Les pédophiles.

POÈTE

Sarah : Rimbaud.

Alex : Baudelaire.

POLITIQUE

Alex : Je suis pro-Chirac à fond.

Sarah : Chirac aussi. C'est le genre capable de se rouler un petit joint !

PORTE-BONHEUR

Sarah : Mon œil. Tout bleu, nacré, porté en pendentif. C'est le troisième œil. Celui qui regarde autour ! Et puis il y avait mes plaques. De petits carrés gravés qui déclinent mon identité et celle de notre fils. Mais je les ai données à Alexandre parce qu'il avait cassé les siennes.

Alex : C'est vrai, ces plaques ne me quittent jamais. Comme ma Magen-David. Mais j'ai une affection particulière pour un bracelet en argent que m'a offert mon frère Xavier.

ANIMAL

Alex : Le lémurien. C'est trop chou !

Sarah : Le chimpanzé.

MUSIQUE

Sarah : Celle que compose Alex et le jazz.

Alex : Tout l'afro-cubain.

IDOLE

Alex : J'en ai trois. Bono, depuis l'âge de cinq ans. Jean-Michel Basquiat. Et Michel Petrucciani. Je l'ai vu trois fois en concert. Un génie !

Sarah : Moi, mon idole c'est Dieu… peut-être parce qu'il est le plus grand escroc de l'univers !

MODÈLE

Sarah : John Galliano.

Alex : Je n'en ai pas. Sauf, effectivement, Galliano pour la mode.

DISQUE

Alex : Bob Marley… *Babylone by Bus.*

Sarah : *Dark side of the moon* des Pink Floyd.

HOBBIE

Sarah : Le cinéma.

Alex : La plongée sous-marine et le surf.

VOYAGE

Alex : La première fois, à New York, sans mes parents.

Sarah : La Thaïlande. Tellement bien qu'avec ma mère, on y a vécu presque quatre ans.

FOU-RIRE

Sarah : Avenue d'Eylau. Mon petit frère qui saute à pieds joints avec une telle surexcitation qu'il finit par faire écrouler la mezzanine. Avec, bien sûr, plus de peur que de mal !

Alex : Dans un train qui nous emmène aux sports d'hiver. Mon petit frère qui se réveille sur la couchette du haut et qui est tellement ensuqué qu'il fait pipi sur la tête de mon grand frère Xavier.

XVI. THÈMES ASTRAUX

Thèmes astraux réalisés par Pedra Jones, astrologue.

1. ELLE

Sarah appartient au signe des Gémeaux, signe d'air dont la principale qualité est la curiosité. Tout intéresse ce signe, ce qui peut le rendre instable du fait d'être constamment tiraillé entre plusieurs situations.

En effet, un être Gémeaux veut toujours savoir où il faut être et quand, pour pouvoir ensuite utiliser ce savoir « tout frais » pour se mettre en valeur. Sarah est donc toujours en mouvement, à l'affût de toute nouveauté, ce qui peut la conduire à un épuisement mental car elle ne sait pas se fixer de limites, ayant toujours peur de rater quelque chose d'indispensable. Elle apparaît comme une hyper-active et elle épuise ses proches.

La communication est son deuxième atout : Sarah vit, se sent exister quand elle est en groupe et quand sa silhouette légère et dansante virevolte au milieu d'une bande de copains. Ce feu follet va garder longtemps un physique d'adolescente car les Gémeaux ont la chance de vieillir moins vite que les autres signes.

Le but de vie de notre héroïne : être à la pointe de l'action, avoir toujours un temps d'avance sur les autres. La grande question qu'elle se pose constamment est celle-ci : « y a-t-il du nouveau quelque part ? »

Les problèmes de santé de Sarah sont en relation directe avec le système nerveux : hyper-activité mentale, humeurs cyclothymiques mais aussi problèmes de peau quand elle est angoissée.

Son ascendant est Lion, signe de feu qui se « marie » bien avec son signe solaire et lui donne plus d'éclat, plus de rayonnement personnel et social.

Le Lion est un signe volontaire dont la phrase clé est « je rayonne, je règne sur mon environnement ». Ce signe a donc besoin d'être en permanence au premier plan, de régir sa sphère de vie avec un certain faste et de vivre dans le luxe. Le Lion aime sortir, faire la fête, recevoir, organiser des soirées hautes en couleur dans lesquelles il joue de son charme, de sa parole facile, de son sens de la comédie pour être le point de mire.

Sarah sait donc user des caractéristiques de ces deux signes pour animer les soirées en parfait papillon de nuit, allant deci-delà, côtoyant des personnalités très différentes qu'elle considère trop vite comme de bons amis.

En examinant la position de ses planètes dans son thème, nous constatons que notre Gémeaux possède essentiellement des planètes en air et en eau. Ainsi ses humeurs, ses idées changent vite, elle agit au coup par coup, de façon infantile sans penser aux conséquences de ses actes.

Les deux premiers secteurs importants de son thème sont bien sûr la Maison III, les secteurs de communication en Balance et la Maison VI en Verseau : notre belle a le thème d'une mannequin. Elle a une ossature très fine, ses gestes sont naturellement gracieux et elle est faite pour promouvoir la mode, pour mettre en valeur sur son corps tout vêtement.

Elle a dû très tôt s'orienter dans ce métier, prenant vite conscience qu'elle pouvait utiliser son physique pour gagner de l'argent, peut-être poussée dans ce milieu par sa mère, fière de cette jolie « poupée ».

Travailler face à un public est de toute façon un héritage familial : voulait-elle reprendre le flambeau de sa grand-mère maternelle ?

Être mise en vedette ainsi correspond à un besoin vital d'être vraiment vue, mais le milieu professionnel dans lequel elle évolue est marqué de carrés : personnes superficielles qui l'entraînent dans des expériences troubles et qui contribuent à amplifier son instabilité physique, sa nervosité mentale, son éparpillement. Elle perd beaucoup d'énergie à leur contact et elle est régulièrement déçue car elle pense s'en faire des amis sincères. C'est son côté touchant de petite fille en mal d'amour ; son enfance a été frustrante et elle a beaucoup été ballottée. Ses parents se sont séparés. Aujourd'hui elle ne peut pas vivre sans amour, la solitude lui fait peur et elle fait tout pour rencontrer, inviter le maximum de gens. Elle a besoin d'une « cour » autour d'elle, elle quête les compliments, elle se sent vivre grâce aux regards posés sur elle : regard envieux des femmes, regards appuyés des hommes qui désirent son corps mince et dansant.

Vénus représente l'affectivité et l'amour est en Cancer : voici une grande romantique en quête de son prince charmant. Alexandre l'a sûrement rencontrée une nuit dans une soirée.

Cette Vénus en Cancer, signe d'eau, lui donne aussi de beaux yeux « aquatiques », héritées de sa grand-mère, qui fascinent ceux qui la rencontrent. Cette Vénus est carrée à Pluton, planète du passionnel, d'où des amours tumultueuses avec Alexandre. Elle a constamment besoin d'être rassurée, besoin que son mari la trouve la plus belle et ses chamailleries se déroulent dans leur appartement, pour le malheur de leurs voisins !

Ses parents se disputaient aussi et ils ont eu une curieuse relation qui l'excluait. Son père est un bel homme, peu affectueux, vivant pour lui, lui-même en « représentation ». Elle porte en elle un sentiment de solitude affective liée à ce père, d'où ce besoin compulsif d'être en groupe, d'entendre du bruit, de la musique, de s'étourdir.

Sa mère, elle, a beaucoup exigé d'elle : elle devait être la meilleure, elle devait être son faire-valoir. Se sentant mal au sein de sa famille, notre belle s'est rebellée et elle est partie vivre sa propre vie.

SARAH **Thème Natal**

Thème Natal : Samedi 20.06.1981 09h 10 (07h 10 TU), 2E20 - 48N50 PARIS

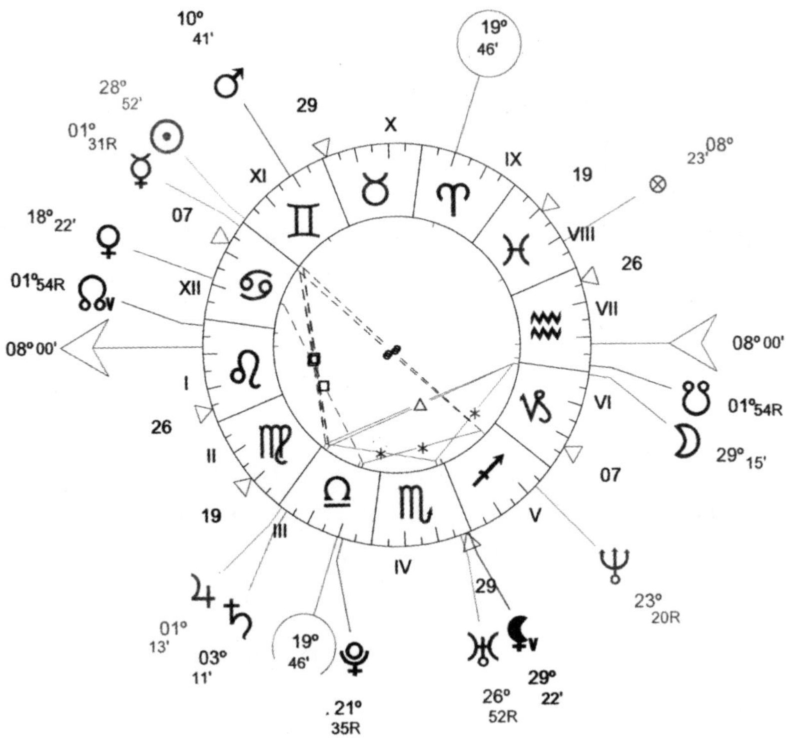

2. LUI

Par son Soleil, Alexandre appartient au signe du Taureau, un signe de terre qui a besoin, pour se sentir bien, de posséder de l'argent, des biens immobiliers, une bonne position sociale et d'être aimé.

Porté par un déterminisme puissant et une grande patience, l'être Taureau sait qu'avec le temps et grâce à un travail acharné, il peut obtenir ce qu'il souhaite.

Vénus, planète du Taureau et de la beauté lui donne beaucoup de charme, des dons artistiques (c'est en général une belle voix modulée) et un sens du beau, du raffinement.

Le Taureau contrairement aux Gémeaux ne se disperse pas, il a deux ou trois objectifs qui lui tiennent à cœur et il les réalise dans les moindres détails.

Ce signe a un caractère susceptible, il est « soupe au lait » et introverti, il a des rancunes tenaces. Il n'oublie rien et un jour, il éclate face à la personne qui l'a blessé : la parole est terrible, solidement argumentée, la colère froide stupéfie l'autre !

Il peut alors balayer définitivement tout ce qu'il a pu adorer tendrement. Son angoisse se porte sur sa belle voix, il la perd momentanément ou il a des angines à répétition.

Travailler dans un secteur artistique correspond bien à Alexandre d'autant plus que son ascendant est Balance, signe d'air lui aussi influencé par Vénus.

Un être Balance a des dons artistiques indéniables qu'il exprime à l'occasion de sa profession ou simplement dans le choix d'une cravate, d'un pantalon dont la coupe et la nuance conviendront parfaitement à sa silhouette et à son teint.

C'est le signe du charme, de l'esthétique, de la justice mais aussi du besoin de réussir sa vie affective. Vivre sans amour ce n'est pas vivre pour lui, comme le pense aussi Sarah, et il veut tout partager avec elle, vivre constamment en symbiose dans le travail comme dans la vie privée.

Le mélange de ces deux signes liés à la notion de beauté fait d'Alexandre un jeune homme né pour travailler dans un milieu artistique, d'autant plus que lui aussi a, dès l'enfance, évolué dans ce type de milieu.

Mais contrairement à son père, son côté Taureau l'incite déjà à vouloir placer son argent ou à en gagner très vite pour avoir une vraie sécurité financière.

La position de ses planètes dans les différents signes indique bien qu'il est ambitieux, qu'il veut vraiment réussir grâce à ses intuitions, en étant le « baromètre » de son époque dans un domaine dit esthétique.

Comme Sarah, c'est un grand impulsif cyclothymique toujours en mouvement, mais lui va jusqu'au bout de ce qu'il entreprend ; il « peaufine » dans les moindres détails ses actions pour réussir, le maître mot de sa vie ! Sa femme passant vite à autre chose, cela l'agace et c'est une source de disputes.

Dans la Maison I, secteur de la personnalité, notre jeune premier possède Uranus, planète de l'originalité. Très tôt, Alexandre s'est voulu autre, différent de son père, écrasant par son aura de vedette de la chanson. Il s'est construit intérieurement en réaction contre lui. La Maison II, secteur de l'argent, est très importante pour lui, car il en a manqué à un moment sans comprendre pourquoi et, tout à coup, il a dû vivre autrement, sans y avoir été préparé, par la faute de son père.

La Maison VI, secteur de la profession est en Bélier et Vénus s'y trouvant, son activité est liée à la mode d'avant-garde, au luxe et à la nouveauté : travail stressant, fatigant, pratiqué la nuit où il doit s'investir à fond pour convaincre les autres.

La Maison VII, maison du mariage parle de mariage rapide, lié à un coup de foudre. Il y a trois planètes ici et l'union a été précoce, vécue comme indispensable pour se sentir bien, sécurisé. Rencontre fusionnelle où l'on ne fait rien sans l'autre sinon, on se sent incomplet.

Le « Soleil » le rend très sociable, les contacts humains lui sont devenus indispensables et le tonifient.

Jupiter, planète de l'optimisme lui permet de nouer des contacts utiles et faciles, mais l'incite aussi à bien des déraillements : alcool, excès alimentaire (attention à l'embonpoint à quarante ans) au cours des soirées amicales et professionnelles.

Dans sa vie affective, tout comme Sarah, Alexandre est un grand romantique avec sa

Maison V en Poisson. Sa Vénus est conjointe à la Lune Noire : pour se rassurer, il a un côté séducteur face aux autres femmes tout en voulant vivre constamment en symbiose avec sa jeune femme bien-aimée.

Résultat : jalousie de Sarah face à son attitude de séducteur, peur d'Alexandre de perdre sa femme si convoitée par les autres hommes. Les scènes se succèdent, suivies de réconciliations passionnées.

Son enfance a été marquée par le divorce de ses parents, par l'éloignement de ce père célèbre, parti à l'étranger en les laissant sans argent. Lui aussi s'est senti orphelin, abandonné par sa mère qui a vécu pour elle ou n'a pas su le rassurer. Il a eu une enfance chaotique, il a déménagé plusieurs fois, changé d'école, sans repères familiaux clairs.

Nos deux tourtereaux se sont « reconnus » en se voyant car ils ont eu les mêmes manques affectifs et étaient aussi avides d'amour et de stabilité l'un que l'autre.

ALEXANDRE Thème Natal

Thème Natal : Mardi 20.04.1976 19h 50 (17h 50 TU), 2E13 - 48N53 NANTERRE

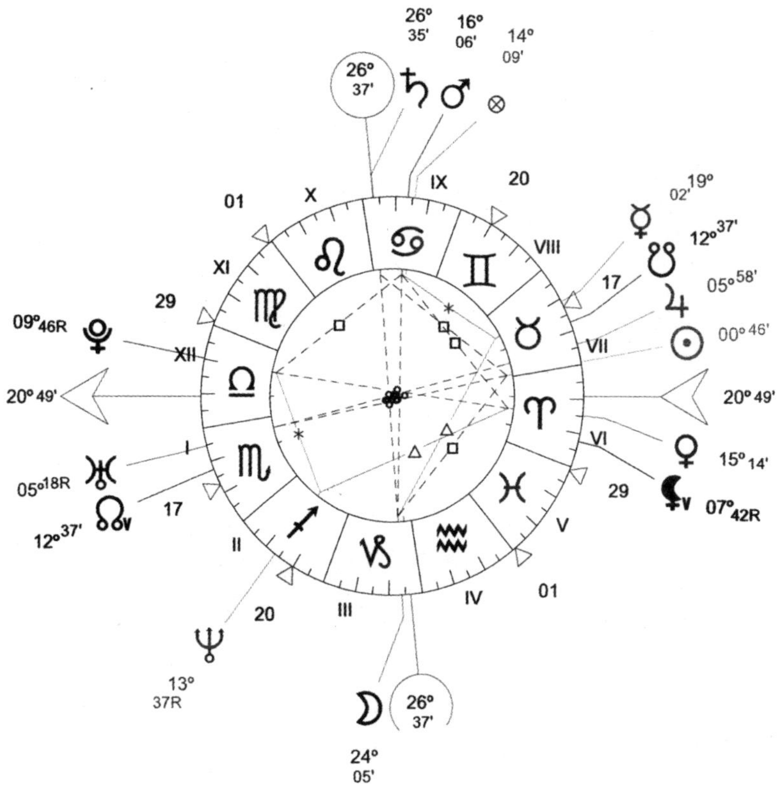

3. L'ÉTUDE COMPARÉE DES DEUX THÈMES

L'étude comparée des deux thèmes ou synastrie est la superposition des cartes du ciel de deux êtres pour déterminer les possibilités d'entente à tous les niveaux.

Les « Soleils » de nos amoureux sont en trigone, interaction très favorable pour se marier très jeune, chacun cherchant dans l'autre la sécurité, l'amour dont ils se sont sentis frustrés. En se rencontrant, ils ont eu l'impression qu'ils trouvaient leur point d'ancrage, le havre de paix tant désiré.

Leurs « Lunes » sont en Capricorne, dans le même signe, et ils apprécient le même type d'ambiance sociale, ils ont les mêmes « codes », fréquenté la même jeunesse huppée. Ils devaient se rencontrer et travailler ensemble et là encore ils sont complémentaires. Mais par moments, il y a compétition entre eux : selon les soirées c'est soit Sarah qui brille, soit Alexandre, et il y a alors frustration pour celui qui se sent oublié, qui reste dans l'ombre de l'autre.

Ces planètes sont aussi sextiles à la Lune Noire et il y a un côté fatal qui fait de leur amour une passion explosive !

Mercure, qui représente l'intelligence, la communication en Taureau – signe des possessions – leur donne des idées pour assurer leur sécurité matérielle et ils ont la même vision de la mode, de ce qu'il faut faire pour être « in ».

Vénus représente les besoins affectifs et là, même si de puissants liens sensuels et sexuels les lient, chacun a peur que l'autre ne soit prêt à vivre le temps d'un soir, une brève aventure car leurs Vénus sont en carré, d'où des bouderies de la part d'Alexandre et des scènes de la part de Sarah.

Les deux « Mars » qui représentent le désir, la sexualité, sont en air et eau et tour à tour, chacun a l'impression que l'autre va lui échapper, ce qui est caractéristique de la passion et de leur insécurité personnelle.

Chacun demande à l'autre de le materner, d'être tout à lui, tout à elle. Tous les deux espèrent réussir leur couple et avoir des enfants pour gommer un passé tumultueux. Mais s'ils se déchirent, ils se retrouvent encore plus intensément et avec Jupiter, planète de la chance, ils forment un tandem de choc pour réussir dans une voie professionnelle hors norme.

Imprimé en France
Imprimerie France Quercy, Cahors
Dépôt légal : mai 2004
N° d'impression : 41189/
ISBN : 2-84928-061-5